寒玉散文集

凝神聆聽世間情

寒玉——著

回首文學路

——《凝神聆聽世間情》自序

《凝神聆聽世間情》是我的第八本書，除了《半生戎馬在金門》之外，它和我之前出版的各書並沒有兩樣，書寫的依然是週遭的人事物，以及日常生活的點點滴滴。雖然它沒有華麗的文詞，亦無深奧的語法，但每一個字句都是我心靈深處最真實的寫照。

儘管文學的表現手法因人而異，讀者們亦有不同的解讀和詮釋，然而，我總認為只要秉持自己的良知，寫出心中想說的話，並能引起讀者們共鳴的篇章，即心無遺憾，它也是我決定出版這本書的原由。

近三十年的寫作生涯，即使因家庭因素而中斷好幾年，但我並沒有忘記青春時期文學給我的啟發。孩子逐漸地成長，當最小的兒子揹著書包上學去，我這四個孩子的媽、也因此而有了更多的時間，回到筆耕的天地。

可是當我想重新拾起荒廢許久的禿筆時，的確有著心有餘而力不足之感。尤其當下已進入到一個全新的年代，爾時的手寫已不合時宜，鍵盤和螢幕早已取代紙和筆，在現實環境的使然下，我不得不以中年婦人之姿，跟著時代的腳步走，重新學習電腦打字。

雖然沒有機會接受正規的電腦訓練，但為了實現夢想，在先生和孩子們熱心的指導下，以及自己夜以繼日的摸索，終於學會最基本的電腦打字。縱然初時必須邊看鍵盤、邊看螢幕，每天敲敲打打亦只能敲出幾百字，然而對於如此的成績、我已相當滿意，因為我始終相信事在人為、熟能生巧這兩句話。果真，久而久之，當年的電腦白痴，此時竟能依靠它來寫作，這真是意想不到的收穫。

二〇〇七年，當我出版《女人話題》時，大女兒剛進入護專就讀，我曾在後記裡寫下：「冀望她來日學成後，能擎舉著白色的炬光，發揮南丁格爾燃燒自己、照亮別人的精神，回到這個她生長的島嶼，為鄉親們服務。」

一千八百多個日子的等待，果然不負我的期望，隻身赴台求學的大女兒，已順利地受完五年的護理專科教育，並進入署立金門醫院工作。但願往後孩子能以一顆誠摯之心，發揮所長，視病猶親，並以南丁格爾燃燒自己、照亮別人的精神為榜樣，擎舉著白色的炬光，為同在這座島嶼的鄉親父老服務。即使父母付出的心血是理所當然而不必回報，但師長的教誨則不可辜負，國家栽培的恩德更不能忘記。

而今年國中應屆畢業的二女兒，若依她在校的成績而言，申請免試進入高中就讀的機會可說百分之百，但她毅然決然選擇馬偕護專，於四月赴該校撕榜，往後將成為大女兒的學妹。五年的時光說長不長、說短不短，我又將在這個小小的島嶼等待一千餘個日夜晨昏。但願她赴台後認真學習一技之長，畢業後追隨大姊的步履，同為鄉親父老服務，並將南丁格爾的精神，發揮得淋漓盡致，這不但是師長的期許，亦是父母的冀望。

《凝神聆聽世間情》這本散文集，與《半生戎馬在金門——老榮民的故事》及目前訪談中的《我為榮民寫歷史——為參與八二三戰役的鄉親喝彩》雖是兩種截然不同的書寫方式，創作的時間亦在它們之前，即便獲得的掌聲不亞於我的散文，然而，散文仍舊是我的最愛，在它多元的領域裡，我依循的仍然是寫實的風格，也因此而有話直說，沒有虛偽的矯飾，故而經常有人對號入座，造成諸多困擾，亦讓我感到前所未有的挫折。幸好讀者們都能體會到文中的用心與含意，對我的鼓勵多於苛責，也同時喚回我逐漸失去的信心和勇氣，同時能秉持著上天賜予我的毅力，向滿布荊棘的文學路繼續邁進。

《凝神聆聽世間情》一書，蒙受金門縣文化局贊助出版，在這段筆耕的時光歲月裡，必須感謝提供我發表園地的《金門日報・浯江副刊》、《金門文藝》、《金門季刊》以及文壇前輩和讀者的鼓勵與指正。

二〇一三年六月於金門

目次

探索

一、苦口婆心

一棟房子兩個家，叔伯同住屋簷下。

一代接一代，寬廣的古厝嫌不夠。老祖宗，田畝多，努力耕耘好過活。

祖字輩分產、父字輩分割、兒字輩分家，孫字輩沒得分……。

炒房產、炒地皮，越炒越熱、興頭越起，祖產成了別人的土地。

生活不好過，八百壯士擠破頭，賣田產，最快的收穫。祖廳裡，一幅幅祖先的遺像，眼睛盯著看，不肖後代賣祖產，他們入土不能安。

大學生滿街跑，頭路又難找，四、五開頭的還算好，只要肯吃苦耐勞，白手也能起家。綜觀當下，書唸得多，不一定好過，高不成、低不就，寧可家中坐，也懶得探頭看看外面的世界。

時勢所趨，孩子不一定要逼，唸書、唸書、再唸書，空有文憑，沒一技之長，養活自己都難。父母望子成龍、望女成鳳的心態，現在學子，只要讀好書，就是最大的回饋，將他們捧在手掌心，養尊處優，到最後，大人將自食惡果。

多少不婚族，新觀念、也擁舊思想。身為現代人，上當孝子、下也要當孝子；對父母盡孝、對子女同樣盡孝，自己沒空間，連喘氣都難，故而下定決心，自己當戶長。

問他們將來怎麼辦？年老的照護情形、身後的祭祀問題？

個人的幸福不是建立在眾人的期待，船到橋頭自然直，這是普遍的現象。

綜觀以上，落地生根的他說了一段話，家產保持不易，不要輕言放棄；孩子雖是掌心肉，別將他們寵過頭；至於終身大事，與其結婚之後又離婚，不如活在當下，順其自然。

二、一手遮天

含辛茹苦養兒育女，翅膀硬了各奔東西。悲哀的雙親，倚門而盼，含憾而終。

務農為業、看天吃飯，是老夫妻一輩子沒得選的方向。當積勞成疾，丈夫罹癌，抗癌路艱辛，手術與化療在簡短的日子即畫下句點，束手無策而歸西，不識字的婦道人家措手不及。

跟隨身邊、是她最信任的人選，婦人將存款與黃金交她收藏。不識字請人看，她掌握了一切，喊婦人一聲娘。不會理財又不懂金融手續的婦人，放心將她當心腹般，成了依賴的對象。

貪字在心頭，啥事都敢做。一張張的定期存款單，到期續約換了樣，她已順理成章將自己名字寫在上面。

婦人不是沒兒沒媳，都是自組家庭、自營天地，重要時日返家團聚。而在她人生即將終了的時刻，停柩在廳堂，兒孫雖環繞身旁，重要物品、錢財首飾，卻不在身邊，它已長了翅膀。

一生勤儉的夫妻，拿捏得宜的積蓄，五兩重的港條堆積在箱底、花色齊全的黃金塞床縫，就怕住家偏僻，形單影隻遭宵小，台幣換白紙，怎麼死了無人知。

年事已大，精神也恍惚，錯將陽光當成閃光燈，以為今生擁有一本美麗的相簿可隨她入土。然而，識人的不清，當她昏迷倒下的那一刻，移山倒海已是事實，任憑她尚有知覺，有口則不能言、有話卻不能說，待兩眼一閉、兩腿一伸，辛苦半世紀，都成別人的利益。

「戇仔顧傢伙，巧仔顧身體」，該延續生命的東西，不在家裡。生了那麼多兒子、娶了那麼多媳婦，竟無人保得住那最後的一片田園厝宅。

「最牛踏無糞，囝仔生最、勞死父母」，居住鄉下的老夫妻生前如是說，身後印證說得沒有錯。

三、清明掃墓

霧朦朧，霧氣輕飄在臉龐，匆匆返鄉掃墓的人群每年都上演。

今年有別於往年，清明時節擁有晴朗的天候，沒有霧氣的攪局，人人上飛機。

島嶼生計不容易，兩岸三地有足跡，慎終追遠的清明節，除掃墓，也祭祖吃頭。此刻，宗族血脈源遠流長、骨肉至親相聚一堂。

沒有公墓的年代，下葬在田邊；自家田園自家種，死後跟隨在期間。一代接一代，靠天吃飯的日子已不在，年輕人去上班，荷鋤下田是休閒。

同宗族，住家不會遠，說話聲音聽得見；耕田前後左右相呼應，祖先墳墓也做鄰。數年過去，田地長雜草、墳地跟著變，當大雨沖刷，墓碑也不見，看地勢，大概埋在哪方向。鋤頭耙個長形狀，列祖列宗多包涵。

清明前後十日，掃墓都可以。每個人的空閒不一樣，有空的先祭掃，沒空的找時間。

當他提著墓紙與祭品，來到先人居住的地方，墳前三炷香，鮮花擺旁邊，他人已捷足先登幫他拜祖先，五顏六色的墓紙隨風飄。他掃射旁邊的墓園，一股淒涼，原來別家的子孫搞錯了方向。

慎終追遠，叩頭跪拜，民情風俗的掃墓篇，現代公墓很方便，一目瞭然、不似以往。

有祖先、才有後裔；有父母、才有子女。在傳統裡的祭掃，由內而外，兒媳先祭拜，墓紙用石頭壓。祭掃完畢，嫁出去的女兒才能手持三炷香，墓地前面喊爹娘。

沒山才靠海。搶頭香，嫁出去的女兒如潑出去的水，別嗆腳。這猶如犯忌諱的初二回娘家，除遠道、為機票操勞，情有可原，不然，少在大年初一回娘家找媽媽受氣。萬一娘家出了什麼狀況，逞一時之快、則擔待不起。

四、出殯人潮

大街小巷，人煙稀少；出殯時刻，人潮擠爆。

人死為大，一生就死這一次。彌留之際，大廳旁邊見祖公；迴光返照，相辭皇天與后土。

忽地一聲響，眾口大喊親爹娘，阿爸阿母不見了！沒呼吸、沒心跳，雙眼緊閉、兩腿一伸，爾後子孫沒人管，是福還是禍，端看個人心裡的感受。

鄉親幫忙、宗親送葬，頭白蓋頭上，禮貌周到、也遮太陽。

親友團來「埋喪」，廳邊女人大聲嚷，淚灑滿面、鼻涕流嘴間。

孝服擦臉、兩指擤鼻，狠狠一甩，地板一灘又一灘。

棺木擺中央，穿孝服者跪兩邊，他人拈香致意、三鞠躬，廳間傳來啼哭聲，聲音沙啞喉嚨乾。

蓋厝、結婚、生子，犯忌諱的人，不敢接近。「無忌無諱吃百二」，則鑽進鑽出，沒心理負擔。

花費五位數的訃聞，昭告諸親友、政府官員和社會人士，人已走，擇日設奠家祭與公祭及安葬的墓地。隨即花籃處處、輓聯、罐頭塔林立，熙來攘往的人群一波接一波，看誰交情夠。

島嶼雖小，「過東」與「過西」，風俗不一。要顏面、花錢買排場，就連媳婦身邊也有左右手，攙扶上山頭。經濟好的人家、不痛不癢；窮苦人們，難過生計，則挖古井、鑿牆壁。花上這一筆，是喪家要好看、還是他人的指點？

喪家折騰多日，最後一段、出殯時刻的人潮如過江之鯽。先家祭、後公祭，跪拜、再跪再拜，折騰了膝蓋。

治喪委員會、各機關團體、民意代表，一個接一個，上香、獻花、獻酒、獻果、三鞠躬。來的人越多，家屬跪得越久。遇到壞天候，圍觀的人也難過。

動輒百萬的花費，年輕人、薪水養家；老年人、自存老本。生的時候、節儉度日；死的時候、大筆開銷，總而言之，死給活人看。

喪家辦喪事，傷心、傷神、又傷財。人走了，入土為安，給他舒適的空間。

繁文縟節多得數不清，什麼事都做、什麼錢都花，那麼多的表面功夫，要問世間是否感情好？

凡事簡單就好。

五、遺屋標售

單身無家眷，身後留遺產；政府貼封條，公開來競標。

擁屋獨居，已故數年，沒有親人，政府接管。貼封條，定時巡視清屋宇、掃塵埃。

標售案，公告之後，先領標、再投標，然後開標，看誰出得了高價便得標。

摩拳擦掌，人人想要。誰是屋子的新主人，屬誰跑不掉，緣分不可少。

人來人往，屋前屋後走一遭，看地理、觀坐向，擲杯問對方。

廟宇安奉神明、祖先牌位供奉在家中，屋外擲杯問，銅板握手中，嘴裡喃喃唸，撲地一聲響，陰杯、笑杯、聖杯？

聖杯開心，陰杯、笑杯不放心。有人打了退堂鼓，亦有人勢在必得，不是說：福地福人居嗎？

地皮一炒，房價飆漲，想買一棟全新的房子，談何容易。而物價上漲，薪水不漲，年輕族群，後台若夠硬，老子有錢，不用操煩。至於一般人，在這房價水漲船高的時候，能標個「粗俗」的來遮風擋雨，倒也美事一樁。

年輕置產，越來越難。爭先恐後、一窩蜂搶標，只為擺脫無殼，圓一個夢。

只是，下標之前，先做考量。許多無人住的房屋，裂縫連連，要住困難，龐大的整修費用所在難免。

認識與不認識的人，探房探地方，屋子好住否？可有人損傷？見仁見智的答案，自己想。

六、艱苦築窩

喜餅與喜糖，象徵新人即將步禮堂。恭喜聲音繞耳邊，笑逐顏開全家歡。

結婚趁早，太老不好。父老子幼的思考，最怕兒根未茁壯，爹娘已蒼老。

純樸的島嶼，有著熱情的囍宴。當餐廳大開方便之門，喜迎一對對新人。

長髮及腰俏佳人，美的花旦，舞台紅透半邊天，走入婚姻，與他結縭成雙。

租屋，租了一間小店鋪，內擺撞球與小吃，洗軍服、賣檳榔，晚間打地鋪。

金防部、後指部、戰車營、兵器連、駕訓班……車縫臂章上面的字樣，即能朗朗上口，知曉部隊在何方。

鈴聲響，叫便當，冬暖夏涼，需要的不一樣。老板娘，來一碗！夏天剉冰、冬天炒泡麵。她的腰間繫上小錢包，找錢方便，不用跑兩趟。

父親死得早，身為長子的他，有聰明的頭腦，沒有優渥的後盾，任憑成績再優異，走出學堂，與學問分割了界線，求學沒希望。而家庭環境差，賺錢養家不能沒有他；長子與長媳，別無選擇地負起一家的生計。當丈夫出外上班、妻子則在家顧店，收入雖有限，交予母親來掌管。

孝順父母、拉拔弟妹，各個有歸屬、自立門戶。他倆一生拚血汗，終於遠離租賃的困境，買下人生第一棟樓房。

簡單的格局，一家團聚。孩子迅速成長，大人也老得快，透過染劑將白髮染黑、那含飴弄孫的年紀，已擁人生該有的一切。

兒子、媳婦沒有辜負他倆的期望，臉上有光采。他倆不分內與外，內孫、外孫一樣帶，就從呱呱墜地的那一刻開始，奶粉、尿褲、營養品……，以前帶子，現在帶孫。

丈夫身殘心不殘，一技之長、耕耘在田間。年收入、上百萬，鈔票存銀行、囤積金酒銷台灣。

妻子剪去飄逸長髮，燙了一頭捲髮，人群中，乾淨俐落。婦唱夫隨地走入團體，在萬頭攢動的湄洲盛大慶典祭祀，朝聖祭拜——媽祖娘娘千秋。

七、一路好走

房屋主人到都市發展，古厝放空無人管，他的身子無處藏，人情味濃郁的地方，他住得順理成章。

整修後的閩式建築，補一補，表皮塗上水泥，他將名字和地址寫在屋外的牆上，好大的字眼。

不規則的字體，留在美觀的牆壁，他的突發奇想，說是為他人設想。他要郵差方便投遞信件、也要友人一目瞭然。

平日，他大門深鎖，也養一條小狗，終身俸、好過活，他無憂無煩又無愁。

機車是他代步的工具，他曾經也學過手藝，飯糰、醃製，小吃，但做什麼都不順，乾脆收攤，可惜了那些生財器具。

人老沒伴很心酸，他到一個老人住的地方，但好景不長，他嫌不自在，提起行囊回去原來的窩，要坐要躺沒人管。

樂透一張在手，希望無窮，他每天都在作發財夢，當個億萬的富翁。然上蒼眷戀有限，小財在白天、大財在晚間。

夕陽很美、美得令人陶醉。當餘暉伴著他的腳步，他的手拄著拐杖，踽踽獨行，湖光山色映孤影，臉上有著落寞的神情。

他在無意間，如發現人間仙境，陡坡處處的山林裡，藏身一間很大的屋宇。據說，這是以前的軍事用地，當國軍裁撤，裡頭的設施也移去他處。

思索於這養老的好所在，營房裡的隔間沒拆開、衛浴設備依舊在，他篤定在這裡安身立命、頤養天年。

還地於民，土地依舊有主人，同情他半生戎馬沒有家眷，助他圓一個家園夢。

他將閩式建築裡的配備轉移到營房，有鍋也有床。屋前有池塘，搭瓜棚、種蔬菜，澆水不困難；養鴨鵝，孵蛋再添小鴨與小鵝。

他在泥裡埋鋼筋，左右對稱，繫上尼龍繩，衣物曬太陽、被褥曬過好溫暖。

營房成了他的住家，地方大，年輕的絕活，年老再用。曬蘿蔔、醃竹筍，辣椒裝滿罐，親友造訪，見者有份。

我不愛醃製、也不吃辛辣，不拿它，立即變臉如變天，「做這些東西，我這雙手洗了又洗、搓了又搓，想當年……」

最怕他想當年，這一想，好幾個鐘頭的時間。每每想到他的家鄉淚汪汪，親人離得遠；當他上戰場，肉身擋子彈……

找個伴，不簡單，接二連三，都是短暫。最後的牽手，送他上山頭。

他如願覓了家園，晚年寄居山間，與相知相惜的女人，如膠似漆看夕陽。最後階段，陪他走完人生的旅程。

他病死異鄉，她隨侍在側。兩人有婚約，爾後的日子，只要不論婚嫁，半俸追隨於她。

八、生命教育

綠樹不再吐新芽，遮陽的地方，彷如少了一個家。

密密麻麻的鵝卵石，繞一圈，健康步道成了人們健腳的地方。

曾幾何時，如傘遮蔭的榕樹，綠葉瞬間消逝，枝幹被鋸無人知，身邊一棵高大的桉樹也乾枯。

公園綠地，少了生機、多了生氣；人來人往，搖頭嘆息、徒留疑惑。數年來，屹立不搖的老榕，生命竟如此脆弱，經不起重重的一擊；挺拔的桉樹，也被火吻身。

無論朝陽初昇或夕陽餘暉，在健康步道行走的人，心曠神怡於綠樹的伴隨。累了，在它的樹蔭下休憩，伸伸懶腰，深吐一口氣。優美的光景已不在，他騎乘機車而來，在我面前停下，詢及有關老樹的歷史，是誰如此狠心，下了重手、對大樹斬首？

人的生命或許短暫，植物的性命也許長久，在一片造林聲中，全民植樹，滴下汗水、彎下腰，備極辛勞。當綠樹蔭襯大地、除美觀環境，也舒展心靈。倘若天災毀了它，無話可說；若是人為因素要它死，則人神共憤之。

老樹擁二樓高度，藏身於花木扶疏的美麗公園。這休閒好去處，尚有一條通往山上的石板小路，順勢而上，練體力、也練腳力，人犬一家親地上山亭、下海濱，冶煉著身心。

稍嫌遜色的一角，無論天災、還是人禍，總是增添遺憾。

春日暖陽下，露珠遍地灑，抬頭仰望，喜見桉樹吐新芽，儘管樹身有燒過的痕跡、樹底有殘留的灰燼，外觀看來、存活沒希望，但枝頭所綻露出的、是新生命的喜悅。

原載二〇一一年四月二十三日《浯江副刊》

夏日組曲

一、手足情深

哥哥腳殘，弟弟伴身旁。

軍人退役數十年，租賃屋宇、暫住島嶼。

老舊的古屋，乏人問津難出租，灰塵飄、蚊蟲多，通風不良悶得慌。領有終身俸的他，節儉成性，落腳於此、為享使宜的租金。

原本軀體好端端，一趟回鄉變了樣，突然行動不方便，休閒是奢望，他的活動空間受限。

他頭腦清晰、四肢健全，雖有年紀，還算矯健。一次親人呼喚回家鄉，看他年老無伴，欲牽引成雙。

島嶼回轉，獨飲滄桑，外人不知原因，紛紛看圖說故事，用自己的眼光解讀於他的整殘好好、缺了一角。

不明情形、不解病因，鋸了的腳、再也不能活蹦亂跳。外界眾多猜測，他不做辯解，兩眼無神、雙臂無力地感嘆今生今世的殘缺歲月、無人理解。命運注定如此，多說無益，他乾脆閉嘴。

居住的環境髒亂，坐輪椅不方便，要整理也難。他善用時間與空間，小巷在白晝裡賞陽、房間為睡覺而用。白天與晚上，對他來說都一樣，日復一日的生活作息，沒有改變。

經由小三通，親人可來探，弟弟衝先鋒。兄弟見面、手足相擁、含淚激動。小弟不忍大哥身軀有障，誓言留在身邊，噓寒問暖，惟獨需要法令許可，不將兄弟切割。

手足之情，感人心。

清晨，陽光未起，弟弟推著輪椅，帶著哥哥吸收新鮮的空氣，繞一圈村子，回頭屋裡屋外勤整理、也幫他換洗，不嫌髒、不怕臭，只要他快活。

本是同根生，日思夜盼回家鄉，故土山河、那裡才是他真正的希望，有親人的呼喚、有手足的陪伴。他毅然決然、攜著半年一領的俸祿，乘船返鄉。

誰解坐輪椅的不便與悲傷？猶以孤獨一人在異鄉。如今，有親人伴隨，總比孤軍作戰的好。

已回故里的他，每半年折回島嶼，拿他該拿的東西、這就是半生戎馬的代價。

二、寡婦難為

寡婦門前是非多。

丈夫過世，留下孩子；孩子哭著喊爸爸，她卻沒有哭泣的權利。

一臉陽光相，生來卻是多苦難。旁人在背後喊她三八婆，她一點都不難過。

天生樂觀，口袋就算剩下最後一分錢，也能樂活看世間。一直以來，天塌下來，還有高個子擋著，直到丈夫撒手人寰，她除養兒育女，也擔起夫妻共創的事業。

以前兩人走天涯，如今孤單看天下。萬事起頭難，她勇敢走向四面和八方，不氣餒，堅持丈夫在天之靈相伴隨。

女人兩腳再能幹，也不能站著灑尿於牆間。多少負面的消息，幾乎將她擊倒。她看著客廳裡、丈夫的遺像，正盯著她看，天人合一，要她別氣。

芳心寂寞嗎？一人獨飲、不如二人共處。面對紛至沓來的豬哥群，沒有得到她的認同，反而引起憤怒的反撲，她用掃帚頭將他們逐了出去。從此，母老虎的封號不脛而走，她冷眼看世界，不在乎這一切。

上演理性與人性的拔河，她有權利選擇自己的幸福，而她不是不愛男人，而是心愛的男人已別離，從入土的那一刻起，她的心也跟著死去。

男人出入在她的家裡，謠言滿地飛，但止於智者。生意與住家同一地址，一樓商業、二樓住宅，她沒得選地方、也無法選客人。面對輕蔑、嘲諷、鄙視，也曾哽咽落淚、崩潰痛哭。

平撫丈夫辭世的衝擊，不受流言蜚語的打擊，走出悲傷歲月，跟隨興盛事業，她比男人更會置產。而思維不勞而獲、少奮鬥幾年的男人，知曉她死了尪婿、又有積蓄，怎麼可能輕言放棄。她的家門口，無時無刻，總有蒼蠅飛過；她看著兒女，有他們就已足夠。

回首過去的夫妻生活雖然不富裕，但感情算甜蜜。丈夫在世時，總將最好的一碗留給她，她無法忘記他的好，誓言來世再續前緣、當個七世夫妻。

強勢的女人，她也不想。但一夕變天的環境，光有母性的光輝，撐不起丈夫留給她的事業。要傳承，兒女尚小，她必須一肩挑起，是責任、也是義務。

柔弱不能當飯吃，擦乾了眼淚，將喪夫之痛隱藏在心底。走出家門，當引擎發動，她不做小女人。

三、春花燦爛

不羈的個性，沒人相信她的姻緣早已天注定，一群死黨，她最早走入愛情的墳墓。

戀愛，當局者迷、旁觀者清。墜入愛河，甜蜜的汁液，唯她體會箇中滋味。

南轅北轍的個性、不被看好的婚姻，隨著孩子的誕生，迅速降溫地由濃轉淡。思想的隔閡、言語的爭執、肢體的衝突，一波接一波，每回都是致命的傷口。

她的父親有穩當的職業、固定的收入，母親則是人人口中的貴婦，同儕中，唯她最幸運，宛如小公主被捧在手掌心。可惜父親早早上天庭、母親紅顏多薄命，很快地喪失了溫暖的家庭。

同宗、同姓，人不親、土也親，她們遇見了將軍，運氣好、高牆也擋不住，「免試入學」、在公職裡覓一職缺。

生活已不成問題、精神也有所寄託，當王子和公主從此過著幸福美滿的生活，親友稱羨，卻突然來個大轉變，濃情轉淡，各自淚崩，她高調地結婚、低調地婚離。

多年了，她過著單身貴族的日子，與姐妹淘共舞人生。不想被婚約束縛的她，一心一意地追求戀愛的快感，而不在乎那張薄薄的結婚證書。

長髮及腰的她，燙捲之後，更顯嫵媚。當她坐進駕駛座，戴上墨鏡，甩了甩秀髮，發動引擎的霎那，如謎樣的女人，旁邊多了一個男人。

男人在她耳鬢廝磨，她笑得一臉燦爛，眼睛瞇成一直線。忽然間，她發現了我，尷尬地搖上車窗，時間暫時停止。

半百的女人，有此雅興，是我破壞人家好事，真是掃興。

當我不存在，我忙我的，你們繼續，但別吵我作息。

世界真是小，同居的地方我知道。男人先行進屋，她隨後於深夜趕場，起初躡手躡腳，之後如餓虎撲羊。

兩地連結、多日會合，她一臉惺忪，摘下墨鏡的時刻，明顯有了黑眼圈，不知是熬夜難眠、還是縱慾過度。

男人離開的前晚，居住的地方如戰場，她喋喋不休、彷如什麼事情擺不平。他也提高語氣，在夜深人靜時，聲音傳千里。

朝陽初昇起，他提著行李，快速驅車離去，趕搭第一班飛機。

擺不平的三角關係。當小三，扶正有點難。

四、心誠則靈

住家供奉菩薩，土地公、觀世音、灶君公。祖先未必留遺產，基本配備所在難免；祖廳裡、神龕內的佛像與神主牌，高坐在上方、要後人慎終追遠。

手持三炷香，嘴中喃喃唸，忌日回家來吃飯；點燃金紙與銀錢，香煙裊裊，要得田產，公媽順便。

長腳跑得快又遠、短腳留在家中看父母、顧祖先。做父母的眼睛要雪亮，別看天、不看地；看兒女、只看有出息。哪天應聲倒地，後悔莫及。

沒錢不要假大方，打腫臉、充胖子，拆屋蓋宅、祭祀捐獻，留名給誰看。滿足身分與地位，先掂斤兩。

做事不規劃、花費沒衡量；前面花大錢，後面哭窮喊爹娘，這都是咎由自取。

就算調漲軍公教百分之三，還有很多非軍公教的身分，月入不到兩萬，生活都有困難。

島嶼風土民情，最愛拜神明，這精神的寄託，往往驚天地、泣鬼神，勞民傷財地捨不得進補、大手筆花費。不問蒼生問鬼神地大忙一場，有沒有保佑，誰敢說沒有，因為祂是神。

神有代言人，神話將祂轉為人話，今日奠安、明日祭典、後日蓋廟，全村總動員、家家戶戶來樂捐。數人頭、看人丁，少則數千、多則數萬，造冊、刻石碑，萬古流芳在人間。

捐獻予廟方、名字看得見、爽字在心田；縱然今天不吃飯，輸人不輸陣，左鄰右舍都有名，自己怎能沒行情。

有人的地方，就有此現象，是神明的旨意？抑是人們高度的信仰？

綜觀當下住宅，每家戶幾乎都有神像存在，庇佑著健康與事業。男主人、女主人，早晚三炷香，圈圈香煙繞，意思到就好。

列祖列宗在廳中，大節拜大碗、小節拜小碗，擺祭品、燒紙錢，豐盛給陰間、陽間看場面。

年輕族群，往外發展；老一輩的人，跪拜祖先。逢年過節，穿梭都市與鄉間，沒得休閒，忙進忙出為哪樁？

供品已有先人去聞香，冰箱塞滿、宅配大賺，島嶼郵寄到台灣，真正填進肚子裡消化的有幾人？

諸多家庭，拖垮經濟的主因、來自不能開源節流的祭祀花費，這一代不改簡單，下一代問題更難。

心頭圖個平靜，外頭稍看情形；任何的祭拜，心誠則靈。珍惜寶貴的遺產、留存歷史的遺跡，人人盡心盡力就好。

五、作繭自縛

專注做事、踏實做人，就不會有今天的下場。

孩子已成年，管教權威該縮減。因應現代社會講人權，他的父母隨他便，只要他平安。

溜溜的嘴巴與英挺的外觀讓他很吃香，早年走大涯、中年安定有個家，然而浪蕩不羈、妻子不滿意，分道揚鑣做自己。

已有鐵飯碗，人人稱羨，若能腳踏實地的做人，哪來諸多紛爭。

而習慣吃碗內、看碗外，再大的碗公，一個不慎，也有摔破的一天。

光說不練，是他的致命傷；油嘴滑腔，身邊的人也遭殃。貪杯更貪財，在法律邊緣遊走未來。

披袍上戰場，倘若熱心服務為家鄉，能深入角落看世間，體會人間的人情冷暖，沒有其它歪念，必定有人情意來相挺。

宗族大老靠邊站，穩紮穩打的勝算，推派人馬，說了就算。暗地裡、關起門來談事情，他翻出手掌心，表態分明，大老搖頭於他的不知天高地厚、不懂宗族規矩。

樁腳無處躲，少部份被抓、大部分暗藏身後，殺雞儆猴、沒啥效果，下次再選，繪聲繪影依舊在，段數夠，必然逃得過。

敢買票、敢承擔；敢作樁腳、敢認帳，這才是一個男子漢。他有憑有據被盯上，狡辯不得的人贓俱獲，腦筋急轉彎，汙點證人、減輕自己的刑責。

平日愛喬事情，喬沒有一樣正經。他也有害怕的時候，遮遮掩掩一張臉，如蒸發人世間。而鴕鳥有季節性，看不見臉、終看得見軀體。

抓的抓、關的關，漏網之魚玩法律，逃得了一時，卻逃不了一世。

六、一路順風

船兒每天都駛航，日思夜盼回家鄉。

少小離家，一晃數十年，白髮蒼蒼，思念故鄉越頻繁。

他，老戰友，沒有戰死沙場，卻困在異鄉，回不了家園。

鬼門關外走一遭，聯絡親人來一趟，見個面、話家常，他們說，平日生計有困難，路途太遙遠，出趟遠門不方便。

一年接一年，他從希望到失望，全都寫在那張佈滿皺紋的臉上。曾經他說，這輩子無緣見親人、無命回家鄉。當他垂頭捶心肝、訴說人生的滄桑，我們靜靜聆聽，要他放寬心，張開嘴巴、五穀雜糧別糟蹋；勸他作息規律、三餐正常、活命等希望。

去年聽說他和一位老鄉走得很近，已無法騎機車出門的他，常常搭著公車到城區那處大家庭，與老鄉促膝長談、計畫返鄉的大小細節。

每次去看他，他總眉飛色舞地說：「我要回故鄉」；此話講了很多年，真假難辨、聽聽就算。

肺炎、胃出血、插鼻胃管的榮民，他的眷屬正詢問我們醫療情形，期望獲得協助，我們正思索如何幫忙，忽然他來電！

他在電話那頭急促地感謝我們夫妻多年來的照顧，說他就要搭船回故鄉。

怎麼可能？已經講很久了。一直都是只聞樓梯響、不見人下來。難道這回，來真的！

急奔他住的地方，問明情況。老人家總是比較節儉，當我們踏入他家，他正在昏暗的暮色下，低頭吃著晚餐。我們順手啟開日光燈，告訴他，燈光要明亮，走路才安全、生活起居也方便。

看到我們，他既驚又喜：「這麼晚了，你們還來。」隨即淚光濕眼簾，與另一半相擁。

「我們來跟您送行，順便問您有沒有需要幫忙的地方，您搭幾點的船？誰陪您去？去多久？」

不知道會不會被騙，急死人了。

難掩興奮之情，訴說手足情深，先匯三十萬台幣回鄉，再隨身攜帶十二萬。此趟返鄉看看，倘若氣氛好，將多待一段時日，否則，一星期後回島嶼。

他遞來資料與收據；我們一樣一樣記錄。

安檢過關，要他快樂回家園、平安返島鄉。

七、分區座談

寧區會榮友，理性發言訴需求。

按電梯，走進鄉公所四樓會議室，整潔的空間、整齊的座椅，榮民讚嘆好場地。

衛教宣導、有獎徵答，拒絕三高的入侵、調理飲食勢在行。

「不認識呂輔導員的請舉手。」座談會前奏，處長一一介紹與會人員，並且詢問狀況。

一、二、三……接二連三舉手，靦腆的老人家，最老實了。

「蔡組長做得好不好？」處長再問。

「好好好，很好、很好……」掌聲如雷貫耳，就連脾氣不好、修養不夠的我，也有不錯的評價，聽得心花怒放。

榮民有水準，建議理性而和平，希望政府別有貧富差距，人人有得領、處處有溫馨。

身體欠安、赴台治病，免收取掛號費，實際嘉惠於外島子民。

罹病傷身、吃藥傷心，每半月赴台一次，機票昂貴、健康不佳，請託處方箋每月一開，醫療有保障、服務不打烊。

綜觀以上反映，長官即時回應，將向上級建議，以協助解決問題、保障榮民權益。

權益不要睡著了！一樓首日辦理四十七年以前參戰自衛隊員三節慰助金申請，春節、端午節、中秋節，每節發放二萬元，三節合計六萬元，申請的榮民踴躍，秩序良好。

每回辦活動，向鄉公所借場地，總是欣然應允、高度配合。能完美的畫下句點，他們功不可沒。

八、蓄髮遮疤

情緒豐富的她，常常哭腫鼻膜，起因來自一段青澀的戀曲，最終寫下悲傷的結局。

沒有金碧輝煌的外觀，保有歷史足跡的古屋，是她從小生長的地方；她的儉樸性情，遺傳自她的母親。父權威嚴、母愛久遠，她在軍管時代、亦在喘氣沒空間的家庭成長。

父親耳提面命，除了死之外，什麼都要快；點點滴滴，記在心裡，她沒有忘記。

戰戰兢兢的過日子，幫娘家攢了不少銀子，她是不折不扣的搖錢樹。當愛情來臨，她不幸運，沒有如願以償地有情人終成眷屬。

電話一通通、信件一封封，都沒到她的手中，幸福就這樣消逝無蹤。

挑戰婚姻，走入另一個家庭，拜媒妁之言。

娘家不疼、婆家不愛，她痛不欲生。荊棘坎坷的姻緣路，跟隨她數十年，為了孩子，她忍辱負重。

難以啟齒的「離緣」不是想想就算，她也曾開口。而夫家大恩大德地告訴她，手無縛雞之力、又無一技之長，離婚之後，勢必餓死在路邊，這兩字就不要再提了。

每每心情不佳，她總想起那一段被阻撓的戀情，要不是戀愛不順，她現在應該不會這麼不平。

情路不順、姻緣不合，尋短是她的抉擇。夜深人靜的時刻，她摸黑下樓，企圖仰藥自盡、結束自己。

一個不慎，腳底踩空，從樓梯間摔了下來；軀體無大傷、惟額頭遭殃。此刻驚醒了睡夢中的家人，她唉聲歎氣於連死都不順意。

從此，她的額間留下一道深深的疤痕，愛美的她，也曾使用美容膠，但效果不好，於是，她用瀏海遮掩。

她在梳妝台前撥弄髮絲，端詳半天，這曾經令她傷心又難為情的印記，來自不順的婚姻。

蓄髮遮疤，掩飾得了皮膚表面的疤痕，卻遮掩不了心底的創痕。

她知道，不能再有下一次，因為她沒有死的權利。

原載二〇一一年五月十九日《浯江副刊》

凝神聆聽世間情

一、一張片子多解讀

氣候驟變、溫差大；過敏孩子，體質差。

大兒子高燒、腹痛難熬，五天總共進出醫院門、急診四次。他傷胃、我傷心。

首次門診，診斷感冒引起的胃脹，吃藥就好。

不舒服急診，照了片子，斬釘截鐵、腸子大便積很多，灌腸通便免難過，再配合藥物治療，將快速元氣恢復。

回歸門診，調閱X光片，推翻先前的診斷、腸子沒啥大便，胃部正常、只是有點脹氣，休養一、兩天就好。

腹痛難耐又走門診，小兒科卻臨時停診，不得已、花錢掛急診。再次照片子，胃阻塞，診察為吞硬幣或異物，神奇地追溯到上一星期。立即吊點滴、抽血與驗尿，至於留觀或住院，等報告出爐及會診小兒科，再做定奪。

大兒子捧腹彎身、面色凝重，強調他絕對沒有吞硬幣，但肚子就是痛。

醫師與片子就在眼前，「人贓俱獲」，既然有憑有據，說話當然大聲，我信以為真地責問他：「你這夭壽死囝仔，沒事吞硬幣，我哪一餐讓你沒吃飽？」

「媽媽，我真的沒有。」大兒子委屈地說。

「醫生都這樣說了，你還強詞奪理，老實說、你到底有沒有……」我使出了高壓手段，「等一下取出硬幣，你要接受處罰。」

「好。」大兒子一臉無辜地回答。

會診小兒科結果，指為長期消化不良、好菌已消失，益生菌健保不給付，須自費購藥；至於先前診斷異物的侵入，沒這回事。

回診小兒腸胃科，調閱兩張片子，肯定給答案，身體的不適，都是感冒惹的禍，掛保證、胃部絕對沒異物，至於硬幣，還好好的藏在我的包包裡。

誤判導致誤信，上演這齣難為情的戲碼，先前沒有理性的溝通，現在：「孩子，對不起，媽媽不該輕信急診醫師的『高超醫術』，罵小孩、像在罵小狗。」大人雖大，但不是萬能與萬靈，有錯，就要勇於承擔。

一張片子、多種解讀，我沒有醫學背景，只能選擇相信醫師的「專業」，但是，希望與失望，往往就在一瞬間。更慶幸、自己及時踩了煞車，沒「冤死」了孩子。

島嶼子民，最迫切需要的、就屬醫療，不是嗎？

曾經一位高官，到家裡、說是「拜訪」我，問我對他上任之後、有啥期許？我們的話題繞著醫療轉，這是島鄉人民最大的痛。

看他專心的作筆記，心底很窩心。然而數年過去了，究竟做到哪個階段？

醫療話題不斷、壽命又很短暫，拿出魄力、才是實力的展現。

二、白蟻蛀屋不住人

先人遺跡，留存在土地；後人整修，光耀在故里。

樑柱白蟻侵襲，難保歷史古跡；身躺古早眠床，仰首群蟻飛舞。

申請整修的古厝，自家預備配合款，拆屋瓦、卸牆磚、挖地板，煙塵漫漫，摀鼻遮眼。

大興土木，都是工夫；古屋修繕，難尋師傅。

小心翼翼地拆卸，挑揀完整地組合，每個細節，含糊不得。

賞思古幽情、看鮮豔色彩，純樸與濃烈，盡在眼簾中。

老師傅漸凋零，傳承於新生代的一群，活靈活現地再造屋宇新生命，功夫流傳、招式未藏。

搬遷到南洋，多少無人居住的地方，古厝無人管，雜草已越牆，鼠蛇任出入，貓狗蹲一窩。

勉強容身的處所，主人不在家，將屋租給他，年輕夫妻倆，島嶼傳教也度假。原本快樂出航，卻被白蟻嚇傻，連夜大搬家。

上了年紀，有點老花，沒戴眼鏡，看不清明；屋主沒有講清楚、說明白，他們安心住下來。有天發現紙箱遭啃蝕，觸目一探、白蟻斑斑，這冬暖夏涼的屋子，年久失修，屋裡屋外、兩種感受。

老屋舊貌，重整新用，闢財路，隔間做出租。古式建築、新式設備，滿足都市人一探閩南風情的好奇心。

推開木門一扇扇，身歷其間、訪思古幽情；歷代神主牌，她看得目瞪口呆，一股陰氣逼人，她決定住居現代。

舊屋無人住，整理費工夫；現代人，紛紛蓋樓房，古厝閒著擺佛龕，年節祭拜，足跡再現。

灰燼已散盡，木門再關上，輕輕闔緊、大鎖扣上，見不得光源。

古屋不住人，白蟻蛀進屋，一年、兩年、三年，被牠們侵占。

三、良緣孽緣一線牽

生不共寢、死不共穴。

一枝花，女人圈裡沒人能贏她。

各行各業都在一條街，販售對象阿兵哥；她是頭號西施，名氣響亮在營區。

走入店裡的是那些身穿草綠服的革命軍人，即使醉翁之意不在酒，但尋覓美人芳蹤，亦有飄飄然的微醺。

她以為今生今世當定了「兵仔某」，出乎意料之外，她沒有跟台灣兵跑，倒是在島嶼有了一場夢幻的婚禮。

婆家事業大，掌權的婆婆不要她，而丈夫懷疑她不是在室女，對她拳打腳也踢。

驅寒暖胃在冬季，年節喜慶的磨米、瀝水，她從未接觸，但又必須接下老祖先流傳下來的規矩。

在摸索中，巷子那頭出現一個人頭！早已對她垂涎三尺的男人，主動協助於這細膩的做工與古法的製作。她嘗到幸福的滋味，選擇未來要走的路，這才是她要的歸屬。

婆家有不錯的事業、丈夫有很好的職業，這個家，三人相對看，母子、婆媳、夫妻，算來算去，就三口而已，但紛爭不斷、問題在哪裡？

親人到南洋，留下屋宇很多間，有門牌號碼、就能申請菸酒牌，利潤好的時候，每月萬把塊，盤算這麼多間，比公務員還好賺。

婆婆臥病在床，她終於掌權，過去的恩恩怨怨，現在一起算帳，管她爛耳爛嘴、生蛆在身體，視而不見。

孩子接二連三，每個長得都不一樣。沒了婆婆管，丈夫在外面，她作風大膽，閩南伯、外省叔、小阿哥，來者不拒，就連小姐時代認識的阿兵哥，也來攪局。三不五時，就有人為她爭風吃醋在村里。

四面灑網、萬無一失，是她的處事態度。嫁給有名望的家族，為什麼還要下海？她根本不缺錢。

變調的音符，違反了社會倫常的道德觀；夫妻沒感情，感染致命的性病，坊間傳言她染病一身，她不承認、也不否認。

揭開了她的神祕面紗，演變至今日，她將罪責歸咎那個家。新婚當年，婆婆罵、丈夫打，她原本是一枝花，蹂躪摧殘她不怕。如今，既已作賤，顏面又值幾分錢。

貌合神離的姻緣，夫妻雖一場，早早分床又分房，今生不共寢，百年之後不共穴。

社會價值觀，笑貧不笑娼，她雖當阿嬤，還是一枝花。

四、熱忱熱情虔誠心

走在新市街頭，細雨飄灑，輕落髮絲與衣衫，躲入騎樓，讓雨水閃過。

她從另一條街道騎乘機車而來，在我面前停下，摘去安全帽，不斷地道謝，感謝對她的鼓勵。

曾經提到她，態度熱忱、為人熱心，哪裡有需要，她的身影即時出現在哪邊，別人的小事，都是她的大事。她受到了矚目，也在媒體搏了幾次大版面，成了他人嫉妒的對象。

人怕出名豬怕肥、人紅是非多，隨著知名度大開，許多有疑難雜症的鄉親都找上了她。幫助人家，來者不拒；在她手上，通過了許多案子。地方小，口耳相傳，她成了求救的對象。

先生上班忙，她在家裡有空閒，台灣居住、回到島鄉，熱心服務為地方。當機車穿梭大街小巷，兩年行駛、統計數萬公里，有人說她撈過界，她感嘆，炙熱的情，遇上冰凍的心。

冷水澆不熄她一顆誠摯的心、流言飛不走她一抹真摯的情，未來的路，無懼無縮，勇往直前、不負眾人所託。

女性出頭天，人權有希望。這些年來，名女人陸續出現，各擁一片天，顛覆了男尊女卑的傳統觀念。

女人，走出廚房、迎向陽光，在男女平等的時代，擁一席屬於自己的天地，揮灑服務的心。

五、男兒有淚不輕彈

挫折、無奈、無聲，淚滴滿衣裳。

走過衝突和傷痛，他學會了成長。

平順的人生，多的是呵護與陪伴，當遇到了荊棘，徬徨無助、痛楚滿懷，終日糾纏於身的是愁眉不展。

沒人願意看到他這樣，終日眉頭深鎖於不快的記憶，企圖將他從黑暗的深淵拉回有陽光的地方。

他數日頭痛難眠、雙眼浮腫，感覺世界雖大，無他容身之處。個性的使然，他喜歡將自己藏身在人少的角落，安安靜靜地過自己的生活。

沒有敵意、各做自己，井水不犯河水地在既劃的界限、當自己的主人。有朝一日，驚覺調色盤裡的五顏六色、沒一樣鍾愛，亦不屬於自己，他選擇離開。

願他毫無芥蒂、換個環境、重新再來；敞開心胸，迎接未來。

游移不定，終下定決心，為未來打拚。人活著，就要活出自我、活出希望，他尋覓屬於自己的天空，準備一展理想與抱負。

計畫跟不上變化，銜接上出現斷層，他走得不灑脫，淚流滿心間、憔悴也難眠。

溝通，是一門大學問，縱然時不我與，淚流成河、也不能解決問題。癥結的所在，有眼睛會看、有耳朵會聽，甚且，凡走過必留痕跡。

尋找靈魂寄託的所在，展翅高飛，飛向屬於自己的天空。而抉擇人生的方向，心中一把尺，先衡量清楚。

六、凝神聆聽世間情

良辰吉日定良緣，珍愛幸福恆久遠。

紅花頭上插，喜餅分大家；新娘羞答答，新郎帥氣佳。

禮車打過蠟，閃閃發光太陽下；紅色綵帶繫車身，車隊長長、炮聲響亮，家有女兒要出嫁。

公雞啼，象徵一天又開始，幽靜的古厝，不同以往，特別的日子，熱鬧非凡。

初夏的暖陽，溫渥著心房；枝頭的鳥兒，節奏有美感，牠們歡唱，喜迎佳偶結成雙。

介紹人、提著花籃走前面；新娘捧花新郎雙手拿，身旁跟隨花童與男儐相、女儐相，喜慶臨門，將捧花交予新娘的手上，隨即客廳入座。

女方長輩點燃蠟燭、上香神明與祖先，傳遞喜訊，庇佑幸福與平安。

見面雞蛋湯，再享冬粉煮成的點心，偶數十二人，圓圓滿滿圍一圈，象徵美滿與團圓。

紅底看板、毛筆書寫的愛妻守則十大條，出自新娘父親之手，愛女心切、熬夜趕工，活靈活現的字眼，字字感人肺腑；這則墨香四溢、有紀念意義的書法藝術，除上面有新郎親筆簽名「愛的宣言」，亦是今生最寶貴的收藏。

真愛恆久遠、口紅印留紙間，新郎雙唇當印章。女婿是半子，丈母娘疼心底，掏出紙巾輕拭淚。

年輕人、新創意，伏地挺身測體力，喊嬌娘，今生愛妳心不變。

愛女出閣心不捨，穿婚紗、戴金飾、備頭尾，古厝人影來相隨。美女媽媽胭脂輕輕抹，髮間點綴紅色蝴蝶結，禮服身上穿，搭配高跟鞋，女兒是漂亮的新娘，她則是美麗的丈母娘。

「我們要當一輩子的好姐妹。」感性的女人，與我相擁，握住了彼此的雙手，她不捨嫁女兒，我則見習未來女兒出嫁的情景。她淚眼婆娑，我也非常難過，淚水眼眶打轉，嫁女彷若是我。這一刻，溫馨又心酸。

嫁女兒，哭成了淚人兒；可想以後，我一定比她更愛哭。這種喜極而泣又不捨離去的畫面，是身為母親當下的心情。

分享喜訊，古厝內外，湧入了許多的人群。當新郎、新娘到祖廳，謝謝家人的關心，跪謝祖母與父母，親情與愛情，祝福一聲聲、感動一幕幕。

父母端坐廳堂前，新人行禮、感恩養育；新娘父親將新娘頭紗蓋下，四目相望，時間暫時停止，千言萬語盡在不言中。

女兒是父母的掌上明珠，千叮嚀、萬囑咐，一定要幸福。

踏出古厝，合影留念的大家族，將人生最美好的歸宿，記憶在心田深處。

車前繫有大紅帶、鮮花置於引擎蓋的新娘禮車，媒人坐前座，啟動引擎、車子緩緩駛離，放有「緣錢」的臉盆水、輕潑車後，這就是傳統習俗中、嫁出去的女兒如潑出去的水。

緊接著，新娘將扇子擲向窗外，不許回頭看，將善留給娘家，感情不會散。小堂弟彎腰撿起，一家人、凝聚向心力。

專情而純情的新娘，就這一次戀愛；自小生活在傳統的家庭，卻擁有開明的父母，伴隨她學習成長。

七、一趟返鄉淚濕襟

船兒駛航兩岸間，故國山河在眼前；親屬站兩邊，數十年未謀面，鄉音重現在耳端，拉近距離、相擁而泣。

送行老伯伯，叮嚀隨身行囊要小心。島嶼是他的第二故鄉，年事已高，此趟雙腳踏回故土，他不知是否還能回島鄉，再見昔日的友人。

故國山河依舊在、美麗壯觀思未來，這樁喜訊，安慰他多年孤寂的心房；噩耗跟隨而至，雙親不在人世間，他們早早做神仙，他悲慟莫名，記得當時年紀小，跟隨部隊要離開，父母身體尚健康。

在他殘存的記憶裡，老宅的建築，結構緊湊、佈局得體，晴不揚塵、雨不積水。而隨歲月消逝，曾有的盛世風情已不在，只能在腦海裡留下追思的景觀。

他在墓碑前面思爹娘，拈香下跪求原諒；身為長子、離開家鄉，一晃數十年，渾然不知家園變了樣。

身懷鉅款、快樂出航；身無分文，悲傷返鄉。經由小三通，回到了島鄉，見了我們，眼眶泛紅。

「回來就好！」見他走著回去、躺著回來，不免悲從中來，我們安慰著他。

雙腳無力行走、大小便不能自理，他躺在病床，眼睛望著天花板，將記憶拉回故鄉。

落後的家園，如廁不方便；多人聚一間，經濟有困難。回到島嶼，決定不再返鄉，要將根留在第二故鄉的金門。

可以下床行走，恢復昔日健康的他，急著回家。回到那棟居住數十年的古厝，在那裡、有他深深的記憶和回憶。

八、艱苦歲月過一生

童養媳，長大當夫妻。

行過成年禮，選個良辰吉日結連理；丈夫兄弟多，她是長媳，也是孩子口中的大伯母。

依倫理，長幼有序她最大；看運勢，今生命運多乖舛。洞房花燭夜，丈夫留種不留愛，逕自下南洋，覓一美嬌娘，既播種，也留人，將根留在大遠方。

她慘澹經營、用心撫育，將女兒撫養成人，也有很好的歸宿。

丈夫離家，不是她的錯，傳統的女人過錯自己擔、責任自己扛，有女無子很心酸，託人買孩子，一定要男兒，夫家有香煙，她死後、才有顏面見祖先。

有女有子是個好、她有女無兒很煩惱。銀貨兩訖的買賣，一手交錢、一手交人；尚在襁褓中、未滿月的男嬰，進了家門，她無奶水、亦請不起褓母，養兒過程的含辛茹苦，詳情惟有她自己最清楚。

女兒與半子，離家千百里；養兒成親顧自己，她一人獨居、生活需自理。

她棲身在小叔獨門獨院的古厝，獨自過生活。縱然丈夫從南洋捎來訊息，要她團聚，她不與人共用尪婿。

歷經滄桑歲月，沒有苦盡甘來，輪椅是她的輔具、床鋪是她的天地，她臥病數年、客死異鄉。

親人紛紛奔喪，搭機赴台瞻仰。台灣與金門，民情風俗大不同，前線由內而外、按照順序；後方從娘家開始、依序唱名。

一代親，兩代親，三代知姓不知名，小老婆，不知大姐已經走，兩個女人從未謀面過。

九、旅遊歸來心情壞

組團出遊、自找導遊。

囹圄多罪犯，每天都在看，練了膽識、亦學習了應變的能力。

曲折萬千的風景，好山好水好地理，聽他人讚賞，心思一陣陣、前往觀賞動人的風光。讀萬卷書、不如行萬里路，一行人浩浩蕩蕩，整裝出發，既坐船、亦登山，看誰精神好、體力佳。

旅遊與觀光，駕舟輕航，人行期間，擁無窮的山水魅力，享受大自然所賦予的一切。

攀登高峰，不輕鬆；汗流浹背，向前衝。征服了不可能的任務，亦見識了人心的詭譎。

心悸猶存的一幕，來自擅攻心計的廟祝；一行人、心誠則靈地參拜大小廟宇，有廟的地方，就有人群的膜拜，這是千古不變的道理。

燒香與添緣，國內外、都一樣，這是人們的信仰。當他們在導遊的帶領下，參訪了多處地方，留下深刻印象，卻也感慨人心的變樣。

地處偏僻的廟宇，建築精緻，一炷清香、一柱擎天，有燒香、有保佑；廟中的添緣箱，擺在廟旁邊，對宗教的尊重、他依習俗投進香油錢，不多不少、意思就好。

廟祝抓一把白米，遞到他手上，攜回家、煮粥吃平安。他不疑有他，在他們熱心說明、熱情引領寫大名，慫恿添緣數目、虛添一筆。

留下名和姓，欲轉身離開，被多人喊住，紅紙上面的數字與實際不符，要他補足。

他終於明瞭、這是一個陷阱。於是，大聲斥喝，佛門聖地，豈能玷污；神明面前，污衊造假，勢必遭天譴。

冒著極高的風險，說這些話的時候，他的雙手雖攀胸，心卻在顫抖，他想，若不如此、強作聲勢，肥羊逃不過被宰殺的命運，又豈能安全脫身。

有了前車之鑑，他告訴團員，千萬別上當。想不到，下一站跟上一站沒兩樣，如出一轍的詐騙集團。

假期結束，回到了島嶼，他訴之不快的記憶，亦將親身經歷告訴島民，下次再遇上，別當凱子任人削。

十、老兵訴往話家常

解放軍、打韓戰、被俘虜、到台灣，輾轉抵金，一晃數十年。身上有刺青，反共抗俄、深烙印，不能回故鄉，生命有危險。部隊移防，駐紮在小金，當砲兵，上士階級、管小兵。乘風破浪，走過馬祖、換防大金，部隊就在城區附近的圓環，運輸單位、駕駛大車，與附近居民博感情，退伍之後，將人留下、把心留住。

退休有工作，到農場幹活，種稻米、養豬羊，作息有規律，但自由受限制。習性獨來獨往，不願被鎖一個地方，他決定另覓住所，只要不被拘束地過自己的生活。

駕照、牌照他都有，駕駛大貨車，馳聘在都市與鄉間的道路。數年過去，他拿了牌照找當時的縣長幫忙，大車換小車，逍遙自在免煩憂。

多年攢積蓄，買一輛計程車，自己當老闆，不需請夥計，上下班時間，彈性有空間。

沒有限定顏色的計程車，來回繞轉，路邊隨意停，阿兵哥非常多，部隊休假與收假的時間窘迫，順手一揮，以它為代步的工具，沒有跳錶，惟嘴巴喊價，在當年，他從事此行業，鈔票輕易入口袋、豐衣足食地過活。

不是一般人吃得起的油條、廣東粥，他家從來沒缺過，鄰家小孩也擁有。

二十幾年的駕駛生涯，他最喜歡和阿兵哥講軍中的故事，從上車、到下車，一路上，口沫橫飛。

務農人家，牛隻多，他不幸出車禍。車子駛過前山門，突然黃牛衝出來，來不及意會，不醒人事的昏迷，住進花崗石醫院一星期。鬼門關、走一遭，甦醒之後，他從此與計程車絕緣，生活就靠之前的存款。

戰地兒女話情緣，將根留在這島鄉，他不離不棄地與紅粉結緣，擁後代，不是奢望。

花了台幣二十萬，老家走一趟，家人都平安，遺憾小弟已走遠。生離死別，每人都有的經歷，冰冷遺體、淚潰堤，喚不回親弟弟。

回首心悲傷，不再回頭看，將來一把骨灰決定安置在島嶼，保佑紅粉與兒子，這輩子的唯一。

低矮的瓦房，有一張鐵床；部隊的移防箱，擺放牆角每天看。爾時的記憶、部隊的回憶，深深烙印在心底。

小瓦房，居住四十幾年，有水電，認證社區是他的家園。人情味濃、鄰里有互動。

合計四顆星星，走入他的家，地方不大，麻雀雖小、五臟俱全，他們暢談歷史，將記憶拉回過往。

張中將、李將軍、鄭將軍等一行人抵達，探慰這昔日將青春歲月奉獻給這片土地的戰友。他開心地引領，訴說他年輕時的豐功偉績。

他口述歷史，我提筆撰文，我們的溝通、出現最大的難題，在於腔調的聽不懂。常常，面對老兵話家常、談及他們的過往，身旁總要來個翻譯官。

十一、長癱床間心憂傷

未婚獨居七十餘載，平日無異樣，年前生病走醫院，進出數回、長癱在床上。

年前去看他，疤痕在腳上，會痛也會癢，要他求醫、敷藥，他配合度高。

老人家，最怕疾病纏身，尤以獨居，身體有病恙，儼如刻苦的修煉。當他肺炎與胃出血住院，身體開始了一連串的亮紅燈。

侄兒在台，紛紛趕回關懷；大小便已不能自理的他，紮尿褲、請看護。

插鼻胃管，灌食小安素，度日如年、難過日。他傷痛欲絕地說，這樣的日子還要撐多久？

免洗尿褲可申請、定床要自付；他躺在古厝裡的小房間，不見天日。

看護剛餵食，他口嚷：「蔡仔，我肚子餓。」

另一半趨前，俯下身，「不能太密集，過一會兒再吃。」

皮膚黝黑、身體壯，來去自如，不需他人照護。而如今，面色蒼白、瘦弱皮包骨。

躺在病床，憂心經濟狀況、心繫終身俸，操碎了心。

他是八二三自衛隊員，已領就養，至於心願，於法不符，眾人也無助。

長癱者的心聲，他們需要更多的協助，無論人力與經濟。

噓寒問暖、要他振作；左鄰右舍，紛紛探頭，問病情、詢近況，期望伸援手，助他走出困頓無奈的窘局，才是和諧社會的體現。

十二、水晶蓮花到我家

中國結、織蝴蝶，巧手編織端午節。

透明水晶與紅色水晶交織而成的一串蓮花，栩栩如生地從她的手掌中、那個銀樓裝金飾的絲綢緞布袋裡取出來，燈光下，閃爍著晶瑩。

她將水晶蓮花遞到我手上，「送給妳，保平安。」

見佛心歡喜、蓮花襯心意，婦女團體、好手藝。

講師台上授課、學員台下習藝，女人扮演的角色，不再只是待在廚房吸油煙，她們紛紛走出「灶跤」，有自己的想法，不荒廢青春，除了家庭、再找尋心靈的另一個春天。

她是最有身價的女人，秉持信心、毅力跟勇氣的結合，總是走在最前面、起帶頭作用，由她身上嗅聞，女人，不再是弱者。

形象雕琢蓮花座，線條優美、質地素樸；細絲線、輕編採，擷取一個角度，雙手分寸拿捏，間隔區分大小，由內而外、由小而大，依序整齊地排列，再打一個固定結。

做工如吊飾一般的精巧，將它繫牢、緊隨於皮包，既裝飾、也保平安。

原載二〇一一年六月五日《浯江副刊》

夏日手記

一、野狗追呀追

鈔票裝進紅包袋，佳節愉快，我從遠方來。

家犬與野犬，藏身在鄉間，繫上鐵鍊很安全，不栓人遭殃。

古厝有門牌、通訊地址無人住下來，留下狗兒幫主人看守著家園，防賊入侵。

身子逼近，吠聲連連，緊接鐵鍊斷，撲了過來，彷彿餓昏了頭，很想吃人肉。

以前人們養狗吃香肉，冬令進補，不畏風寒、身體強健，我曾路過、也聞中藥香；看他們低頭淺嚐，配上紅標米酒，陶醉在期間。

今日被狗追，差點被牠咬，追溯往昔，我雖不吃香肉，卻親睹商家宰殺，一隻接一隻，冤死了無數的狗隻。

退伍老兵，覓營業場所，當他快刀屠狗、乾淨俐落，不畏血花四濺、不懼狗兒索命，驚悚畫面一再上演；而饕客聞香而來，腥味已被中藥味道所掩蓋，殺戮不在場，香肉擺桌上，大快朵頤，誰會去想血腥的事件。

那條殺狗街，島嶼聞名、人盡皆知，例假日，官兵相偕而去、醉醺而回。

低矮的店屋，屋頂覆蓋瓦片、屋身水泥補強，這克難式的建築，除莒光日、每天都有人出入。

退伍若無一技之長，要養家、非常困難。當老兵在島嶼尋得良緣，少不了孩子要培養，賣香肉，是他賺得最快的絕活。常常，他們走遍鄉野，捕捉野犬、亦覓家犬，當談好價錢，管牠小黑或小黃，通通都是桌上的佳餚。

他們的孩子紛紛長大，各自過活，出外發展、飛去台灣，而他們的生命也已走近尾聲，剩下凋零的歲月、佝僂的身影與曾經走過的足跡，這殺戮的戰場。

從白晝到夜晚，我門走了許多的地方。天色昏暗、家犬越吠，野犬如部隊，衝鋒陷陣，圍住車、也困住人。

荒郊野地，吠呀吠、叫魂還是在叫鬼，撥了電話，請屋主出來一會，就怕一個閃神，腿肉不保，成了牠宵夜的好佳餚。

他邊走邊趕狗，嘴中嚷嚷，養這麼多狗要死哦！自家養的可看管、來路不名的又繁衍不斷。狗兒一串串，呼朋引伴，在他家屋外、築起了一道牆，幫主人、趕客人，親友團、離遠遠。

雨後春筍，不只竹筍長得好，連草也長高；荒煙漫漫、雜草叢生，野狗隨意出入，彷如軍隊演習，牠們不必躲散兵坑，這是藏身最好的地方。

追趕跑跳碰，牠追我跑，我停牠也停。我將身子蹲下，拾起路邊小石子，作勢要投擲，這造假的手榴彈，一觸擊發，嚇跑了牠。

牠們跑跑停停，一張狗臉，看不出臉紅氣喘，我則雙腳發軟。平日沒運動、跑步跑不動，想參加馬拉松，每年說說，沒一次付諸實際行動。

野狗亂竄，嚇了一身冷汗，氣候越來越炙熱，萬一被咬、傷口難癒合，難道要申請國賠。

好久沒看大貨車，車上的狗籠好大一個，補野犬、做功德。

二、毒素吃下肚

塑化劑、傷身體，誤踩地雷，殞命要怪誰？

三聚氰胺的侵入，人心惶惶；塑化劑的攻陷，害怕死傷。

毒素一波波，毒氣暗藏在身後，吃這個有毒、吃那個也有毒，還有什麼東西可以安心吃下肚？

知名飲料有中標，新聞報導的幾項，我們都喝過。當塑化劑新聞鬧得沸沸揚揚，市售飲料很多都淪陷，究竟哪些是安全？

止咳糖漿也遭殃，孩子感冒，無一倖免，從小與它為伍，不知喝下多少在肚裡？

專家可別告訴我們，喝的不多，會自然代謝，當日積月累之後，難道不會沉澱在體內。

貨源一件件地下架，不能止血；追蹤禍源，週遭呈現連體嬰、污染無所不在的塑化劑，連家庭用品也名列其中。

使勁超越技術，昧著良心製造毒素，商家不知情，批發做生意，當商譽跌跌落，猶如降落傘，波及無辜，退費事小、傷身事大。

驚險一再上演，為健康把關，把成舉國上下都不平安，誰該站出來負責，別當縮頭烏龜。

敵人還沒來，自己先投降，惹毒上身，禍延子孫。

生活不求多采多姿，只願平安順遂過日子，而面對黑心的汙染，不求命長，只要活得自然。

米有黃麴毒素、菜有農藥殘留、肉有抗生素、水也有雜質，每天吃吃喝喝，跟細菌乾杯。

數百種摻有毒化劑的飲品，消費者吃下肚，能否排洩得一乾二淨，各自祈禱、各看天命。有錢人驚死、沒錢人要惜命，當天災與人禍降臨，日頭赤焰焰，隨人顧性命。

處於現代社會，病毒常攻心、病菌多侵略，罹重病，器官衰竭、責怪黑心猖獗，但又能奈何。

排毒顧內臟，坊間偏方多得在騙誰，不如少喝飲料多喝水，少信偏方、多吃蔬果來顧胃。

吃多了不是純天然的食物，加了料的東西、在體內惡性循環，容易染病疾；而一旦病魔纏身、身體難安康，街坊鄰居的三姑六婆總愛說：「這是做壞事的報應」，事實真的如此嗎？沒聽說：「歹瓜多籽、歹人慢死」，那好人不長命，似乎有一點根據。

如何讓世代子孫在人間享有美好的歲月，是人，都要積點陰德。

三、堅韌的女性

外表弱不禁風的女人，她的身上有數道大大小小的疤痕，這是在手術台上、身經百戰的傷痕，堅韌的性情，與病魔相抗衡的烙印。

當軀體亮紅燈，勤跑醫院為康健，毒嘴又毒舌的四面圍攻，說她有今天，乃陰間來糾纏，活該受罪不能赦。

老天要變臉，神仙也救不了。報應二字，常用在口角，她一生、不與人爭，不惹人、卻被人惹。

她繫著髮髻、身穿ＡＢ褲，掀起了身上的藍衣，眼前的她，乳房切除一邊、平坦略顯凹陷。

她喬了一下老花眼鏡、瞇著眼睛，問我看了之後怕不怕？

「不怕，但很難過。」我看著她稀疏的頭髮、打量著她瘦削的身軀，不由自主地、胸口抽痛了一下。

身在古代，不剪髮，蓄留到腰間，然後編織成一個小髮髻，頂上風情，自己設計、魅力獨具。

生性樂觀，不怨天、不怪地，當生命欲劃下休止符的前夕，她為兒孫準備手尾，這些古老的首飾，一代傳一代，縱然以後人不在，精神與他們同在。

獨子忠厚老實，媳婦嬌艷溫順，衍生幸福感覺。家中除了買白米，其他物質有人來打理；因緣聚會而湊合的一樁婚姻，以農漁業維生的男孩父母感激，生活不是問題、出手又有誠意，數十年如一日地助她一家、生活無虞。

她不奢望吃百二，只冀望悠閒在人間的美好時刻，耳邊少一些諷刺、面前多一些人生的體會。

活著真好，死也免不了，當生命走近尾聲，不是意外身亡、即是罹病臥床，自然的邏輯，不必費猜疑。

四、公道在人心

不堪的記憶，烙印在林木環繞的村子裡。

結縭數十年，疑惑親子不親，孩子不像父親。

科技很文明，驗血可證明。五官像父或像母，手指和腳趾看得出。

豐富多采的民間藝術，抒情而古樸，夫婦如趕集、從古早到今日，袖口與腰間，肌肉纖細、沒贅肉的囤積；而貨物堆積、蔚為奇觀，他人各取所需地挑揀，如尋寶一般。

交遊廣闊的妻子，幫了丈夫的大忙，事業如日中天，但不是好現象，隨之而來的挑戰，考驗夫妻倆。

傳言不斷，夫妻各據一方，劈腿習以為常。繪聲繪影地口耳相傳，沒人真正抓姦在床。

大打出手爭骨肉、協議離緣脫家產；當事業出狀況、產權有異樣，顧不得顏面，假離婚。

男人委屈大、女人享天下，他心甘情願一人送死，保全家快活。為人木訥、不善言詞的他孤獨守家園、她則離家千萬里，從此消聲匿跡。

他債務一肩扛，等她破鏡重圓、回家轉。縱然孩子的爹是別人，「愛花連枝惜」，他情願承受。

青春歲月不待人，他的黑髮已轉白、牙齒掉落不再來，為了她、一個無情無義的女人，還在等。

為美麗的永恆夢境，他從日出等到日落……

五、遠去的青春

挺腰桿、槍上膛，今朝報國男兒漢。

揮別父母與家鄉，投筆從戎為三餐；父種田、母家管，看天吃飯沒得選。

太武輪要遠航，料羅碼頭、人潮洶湧；當人影晃動、船兒駛離，大海激起了波浪。

褪去西裝頭，理了一個大平頭，一臉稚氣未脫；從未離開家門，雙親耳提面命，出外一切小心。

家庭困境、時勢所趨，猶如孤兒在外過日子；提筆家書、難過困境，彷似父母不要的孩子。

辛酸淚漣，在棉被裡躲藏；親人會見，他們沒能謀面。

一人孤單走天下，家裡水電有半價，錙銖必較，一分一毫都是寶。

居無定所的部隊移防，潮濕的坑道是他第二個家，溼氣終日為伍、霉味滲入身軀。

彎曲的坑道，一個窟窿接著一個窟窿，水漬在其中；生鏽的單人床，床褥與被單、濕漉漉；辦公桌，貼緊牆面花崗岩，留一條小道供人走、出路才方便。

得天獨厚的資源，悟透花崗岩內的清涼，鑿牆鑽壁的苦難，這些遙遠的旅程與記憶，深印腦海、深植人心。

先人持續開鑿，後人體會深遠，不斷的營建與維修，掌握角度，無論形體粗獷或做工細膩，山洞裡、與靈氣相結合。隱居修煉的好地方，沒有完整的保存，看了心痛。駐足洞口，含情脈脈，這曾經貯藏戰力的所在，脫落不應該。探險尋路，療舊傷；草兒及膝，編成網；荒煙漫漫，成了鳥獸棲息的地方。一圈又一圈的思緒，沒有隨著拆裝璜、剝落不像樣，記憶跟著脫落，倒是有一層不同的意會與感傷。

六、飲泉水療傷

甘醇甜美的水，從天而降，神奇治癒了她的情傷。水勢較緩和、地勢較平坦，這是她居住的地方。看人不要看表面，容易上當和受騙。他一臉忠厚老實樣，她情竇初開嘗初戀，一頭栽進無底深淵，要鑽出也難。

媒妁之言怕被媒人騙，過期食品不能吃、過時觀念要改變，她不相信姻緣天注定，決定幸福自己要找尋。

交往以結婚為前提，彼此有好感，約會頻頻看電影，肩並肩，他不踰矩、她欣喜，意味眼前男人很規矩。

沒有山盟海誓，惟有媒人下聘，她嬌羞當新娘，他憂鬱在心田。

現代法令，有無宴客無所謂、戶政登記才是缺不得的重點。當兩人開心完成必要手續，她沒有新嫁娘的喜悅，倒是有些後悔。

新婚數月，她的處女膜沒破裂，公婆急著抱孫子，她欲哭無淚。

枕頭、床單、被套，一系列喜氣洋洋的粉紅色，是新婚的喜悅，每日午休、每晚沉睡，兩張臉、從來沒有相對過。

她不知道自己做錯了什麼，嗅聞身子、無狐臭；打量身材、還不錯，而他，為什麼從不碰她？

追問原因，需要勇氣，她還來不及觸及這惱人話題，他逕自開口，要她遠走。

莫名被判出局，她天旋地轉，而這一切，都是真的，她不是在作夢。

從交往開始，他的穩重，她以為是尊重，甘之如飴地，將最美好的一切、等待洞房花燭夜。而夢幻破滅，追究其因，他不愛女人。

他的父母對他有期望，他拿她擋子彈，自私地犧牲了她。

夫妻形同陌路，不如分道揚鑣。怨恨襲擊，多說無義，辦了離婚手續，她悵然地離開。

事情曝光會讓人笑死，她湖畔徘徊欲尋死，而走得不明不白，難為情的故事，總要留下一段歷史。

手機輕響，急急如律令，趕赴現場，救人一命，勝造七級浮屠。

手邊什麼都沒帶，只有一瓶礦泉水；當她淚眼婆娑地說完整段經過，抿了一下嘴唇，口乾舌燥地喊渴，我順手遞上。她旋轉瓶蓋，咕嚕咕嚕地喝著，看來真的很渴。待她一飲而盡，拍拍身上的灰塵，若無其事地說拜拜。

機車騎遠了，沒事就好。

七、教育的安危

上一代的智慧，攸關下一代教育的安危。

城鄉有差距，師資素質不一、孩童教育的隱憂是一大課題。大學校每個班級三十幾位學生，小學校則個位數的有之，導師同樣只有一個，薪水一樣、負擔不同，有的繁重、有的超級輕鬆，公平待遇的話題亦跟著浮現。

能力好的老師，學生再多，都能帶得快活，激發競爭力，甚至請調人數眾多的學校；相反的，則活得難過，手忙腳亂、總覺得每天時間不夠。

大學畢業、任職於小學校、小班級，人數不過十來位的一位老師，訴苦於我，教得非常辛苦、求助醫師過日子。表象的認真，掩蓋不了躁鬱的襲擊；這種精神疾病，在她拚命掩藏下，越是明顯。當她臉上佈滿痘痘，告訴校長經期不順、月經不來，我們思索，才幾個學生，怎會教成這樣？

隱藏在校園的諸多問題，某些校長善於作秀，造成師長鬥爭、學生鬥毆，教育偏離了軌道，最後學生越來越少。光芒的背後，留下污點，不忍看見。師長自身該有的表率，淘汰不適者、把缺讓出來，別劣幣驅逐良幣、「死鬼站條」，該讓真正有心奉獻教育者，發光發熱地有發揮的機會。

學校很多所、有的學生數目少，教職員工缺不了，他們的上班時間、是否真的用在教育上？

小學基礎打穩，上了國中，課業不需太煩惱，倘若一知半解，穩死不活，花錢求救補習班，成了當下非走不可的路線。

殊不知，現代的部分老師，沒品沒德地剝奪孩子的學習時間，上課的題外話、比課本的還多，一堂四十分鐘，混一混就過。當考試到來，損龜大有人在，誤人子弟下地獄，以後再說。

高調打廣告，學生人數由多變成少，大校變小校，該併校的時候就要併校，以節省人力、節約公帑，將多餘的資源用在設備上。選舉是一回事，教育又是一回事，國家未來的棟樑，豈能任憑大人玩弄於股掌。

精實的教學、踏實的教育，必要的作為、砍掉作秀過頭的校長與不適任的教師；學生是未來的主人翁，小小年紀，先讓他們學會腳踏實地。

兩岸三地多足跡、媒體曝光顯實力，這些吹捧的表象，騙得過外行、瞞不了內行。那些出自師表之手的拚業績，台上光芒四射，台下暗藏玄機，師長的私慾，成就學生的假實力，這不是好現象。

八、活出新人生

銀髮不寂寞，尋找自己快樂的生活。

年過七十，含飴弄孫有撇步，她勤讀幼童教育，上課不遲到、下課不早退，期望隔代教養，亦能成就好子孫。

她戴著老花眼鏡抄經文、瞇著眼睛學編織，毛線一整綑、毛衣慢慢織，遇見難題、不恥下問，今天不懂、明天再來，機會不待人，有心有準備、總有一天能學會。

夾雜傳統與現代的細膩手工，雙手操縱與深耕，總體的設計，掌握潮流。

研習技藝，需要體力與耐力，她與她的姐妹淘，相互研究於編織的技巧，一針一線、都是學問。沒有讀過什麼書的女人，憑著不鬆懈的學習精神與不服輸的個性，成就了一樣樣的飾品。

我的骨頭很僵硬，連彎身都要小心；她在我面前表演了一段劈腿功，身段柔軟很輕鬆，我不禁驚呼讚嘆她的骨質不鬆散。

牙牙學語的孫女口中嚷嚷喊阿嬤，從溜滑梯順勢而下；她陪著她，玩過一趟又一趟，我站在旁邊看得頭昏眼花、她卻沒有差，一邊照顧孫女、一邊細訴年輕事蹟。

丈夫上班忙，她獨挑大樑顧家園，雜貨店、洗衣間、撞球、小吃，每家開店都一樣；阿兵哥、上前線，駐防在她家的地上，蓋平房、有隔間，床鋪一張又一張，共分上下床。

休息時間，嚷嚷一聲老闆娘，要吃要喝，不需多久，很快的遞上，銀貨兩訖，家庭生計多一筆。

部隊遠離，也結束了營業，有一點年紀的她，尋找快樂的寄託，將精神與體力，用在學習。

生活有規劃，機會自己找，日子不寂寞，銀髮族給自己更多開放的空間。

揮別環境的艱苦，抉擇在自己，銀髮族不狹隘地走向人生下一步。

九、先生對不起

炙熱的夏季，太陽一大，縱然不說話，嘴巴也乾得不像話。我進入一家商店，舉目四望，不過是要買一瓶運動飲料，怎麼就是看不到。

櫃檯附近，蹲著一位髮長遮頸、在我看來應是女性的售貨員，「小姐，請問……」

話還沒說完，他緩緩起身轉向我，看到了他的喉結，我頓時愣住，回了神，「小姐，對不起，哦，不，先生，對不起！」

他不屑地看著我，彷彿在對我做出無言的抗議，空氣暫時凝結。沉默幾秒，我要的飲料，缺貨，這是他說的，心裡暗忖，真缺貨、假缺貨、還是不想賣給我？

很渴的走出該店，像卒仔一樣的再跟他說道歉；他盯著我看，不發一語，這意味著什麼，要殺、要剮，不會吧？

過沒幾天，我又路過該家店，探頭一看，似曾相識的臉龐，在眼前，是他嗎？長髮不見了，乾淨俐落的男人髮型，這就是我一向認為最標準的造型，看起來舒服多了。

推開門，走了進去，其實，我是要確定有沒有眼花。

「歡迎光臨！」是同一人嗎？前後態度、怎麼差這麼多？

我的心裡產生狐疑，眼光也跟著懷疑，他倒是先開口，「阿姨，妳是不是嚇一跳？很多人看側面，都把我當女生，所以，剪一個大家能接受的髮型。」

此刻，我很矛盾，「髮禁不是解除了嗎？你是為自己、還是為別人？」

「他人的觀感很重要。」他不假思索地說。

「你這髮型好看多了，年輕帥氣、又有朝氣。」我打從心底讚美。

「以前不以為意，那天被妳喊小姐，怪難為情，當下決定處理。而且，我媽也不喜歡看我披頭散髮，她說男生要有男生的樣子。」他說。

「對不起哦，那天真的很尷尬。不過我的觀念和你媽媽一樣，也是認為男女有別。」媽媽的話有聽進去，還是孝子哩，不錯哦！

十、芳蹤在何處

市場擺攤為賺錢，辛苦藏心間，一年四季，冬嚴寒、夏酷暑，除颳風下雨、作醮祭祀，隨時都能見蹤跡。

騎樓下，她揮汗整理由庫房推來的東西，男女的衣物，分門別類地排整齊，這是她每日固定的作息。

挺著大太陽，我用包包遮住臉，走在這條人來人往的菜市場，尋覓所需。

遠遠就看見她在講手機，不斷地朝我揮手，示意我過去。當我跨越馬路，她和對方謝謝再連絡，不舒坦地對我說，做了好幾年的生意，什麼客人沒見過，竟然栽在一個招搖撞騙的女人手中。

對方取走一件數百元的睡衣，告訴她每天都會來往街道，並且留下姓名，言明他日還錢；基於和氣生財、顧客至上，同意讓她攜回家。不料，日復一日、未回轉；拿了衣服、不付帳。

經營小本生意，就賺那點蠅頭小利，她說，倘若遇到真正需要幫助的人，她會伸出援手，因為人都有不方便的時候。但對方，經她打聽，是個爭議人物，家人雖與她同住，卻與她畫分了界線，同樣是女人，自己靠汗水賺錢，而她卻想不勞而獲？太容易相信別人，吃虧的是自己，千言萬語，她只冀望其他商家，不要像她一樣上當受騙。

十一、珍貴的延續

香客以莊重的心情，小心翼翼的步伐，提著供品與香燭，進入寺廟中，燃香保平安，嘴中唸唸有詞，家和萬事興、驅邪除煞人安心。

小小三輪車，駛入廟前空曠地，車上的木偶栩栩如生，懸絲半空中，出盡鋒頭在天庭聖地，酬謝神明、娛樂百姓。

活味十足的傀儡戲，身上繫緊小絲線，線在手中不能亂。當鑼鼓響，善男信女謝神明，感恩天上庇人間，無盡保平安。

作醮謝戲，結婚酬神，不需太大的空間，只要一處小地點，戲棚與神明面對面，虔心誠意看得見。

獨特的操偶技巧，傀儡木偶掌控於手中，線條牽引在身間，操縱技術相當成熟地一搭一唱，牽幾下、動幾下，眾人目光跟著游移正前方，娛神與娛人，天上人間一起來共享。

隆重的禮儀，驅邪納吉、五穀豐收，裡外都安康；記憶特殊的技藝，在酬神謝神的時刻，略顯老舊的木偶，扮演重要的角色。

瞭解深邃的內涵，揭開傀儡戲由來已久的神祕色彩，逐漸凋零的劇團難得一見，亦瀕臨失傳的窘境。而技藝要延續，多一點演出機會，也多一些新血輪的加入，方能一輪接一輪的出入神台與戲台之間，將這些頗具文化意義的智慧，發光與發熱。

原載二〇一一年七月八日《浯江副刊》

鍵盤輕輕敲

一、金門人有錢

雨勢打不斷人潮、車潮與錢潮。熱鬧開張大賣場，萬頭攢動、闔家光臨，捧場與迎新，這島嶼罕見的場景。

地區商家，無論傳統店面與現代商場，繃緊神經應戰，將來誰輸誰贏，掌控在消費者的一念之間。

滂沱雨勢下不停，街上少人行，隨著夾報廣告與專人宣導，人盡皆知、將有大廠商進駐，鄉親多一處購物天堂。

開幕當天，依舊雨綿綿，全天候、遇水則發；道路兩旁，車水馬龍，停車不方便，擠爆的人潮比選舉還熱鬧。而第一天進帳數百萬，印證金門錢淹腳目，這聞名海內外的福利縣，你有錢、我有錢、大家都有錢。

一位台籍員工告訴我：「你們金門人好有錢，我們以前開幕那麼多家，沒這麼多人潮，第一次見到這種開幕的景象，真是大開眼界。」

抬頭仰望，正在進貨的幾家廠商與其他賣場一樣，心底納悶於島嶼的商家平日為何不多回饋一些給鄉親，大餅一起分，今日就不至於開幕商家熱颼颼、其他賣場冷清清。

幾乎人手一張福利卡，爾後優惠福利價，開幕當天，人滿為患、沒得辦，少了積點。

大排長龍的付帳時刻，收銀機很多台，客人一個一個跟著來，按先後順序排隊；大家排得好好，忽然一位著背心大姐，在隊伍裡尋覓，拉人到另一旁結帳，她的即興，引來顧客不滿，同樣消費、不同待遇，拒買聲響起，她即刻識相地站在一旁維護秩序。

彩妝的洗面乳，第一件原價，第二件現省五十元，反正要洗，買的人掂斤計兩，我也買兩條。付帳時刻，心底盤算價格，買得剛剛好，賺個環保袋，想不到價格原位，刷了等於沒優惠。

我為撿便宜而來，甚且買賣算分，受了委曲當然要說出來，「壁櫃寫得很清楚、小姐說得很明白，妳們是不是算錯了？」

果然忙中有錯，計價重新來，五十元還到我口袋。

金門人雖有錢，我算是小康之家。而貨比三家不吃虧，下手之前先考量。至於消費過後，立即清點數量與價格，免當冤大頭。

二、風吹拂秀髮

單車輕騎，尋覓鄉村野趣。

沿著馬路踩踏板，微風輕拂，髮絲輕飄，下坡舒爽、上坡使力膝蓋不輕鬆。

鳥兒空中飛，一路相伴隨，奏樂一聲聲，耳畔呢喃不孤單。婚後第一次騎著單車出走，夫妻一前一後，享受奔馳的自由。

太久沒騎車，搖搖晃晃於馬路邊，身子向前行，綠樹在後頭，與大車追逐先後，我當然不是它的對手。

暑假合家歡，清晨與傍晚，騎鐵馬、在鄉間，鼓勵孩子勤踩踏板、這是運動的好方向。

家附近的籃球場，成了我們陪孩子學騎單車的地方，地平坦、又寬廣，小孩騎前面、大人輔助在後方，他們很快地學會，從緊綳、到放鬆，幾個小時就完工，圓滿地完成了暑假期間的功課之一。

一直以來，保護孩子太周到，不想他們單飛怕學壞；親睹許多小朋友，三五成群離家園，說是一起玩，父母放心他們有伴，隨他們快樂成長，近朱者赤、近墨者黑，小年紀、大作為，令人懊惱與後悔。

親情勝一切，他們學騎車，我們相伴隨，當他們學會，我們拍手鼓勵，今後多了一項運動的選擇。

轉學大校園，不必當委員，以往的硬架脖子做大官，今日不復見，終於不必捐獻充場面。我們將省下的這筆錢，用在家庭開銷，讓家人過得更好。

孩子的身高不同，小孩難騎大車，有了經費，為他們量身購買，高低大不同，售價差不多，猶如囝仔幫大人出價格。

順著籃球場，輕騎一圈又一圈，大人一前一後，小孩在中間。待他們駕輕就熟，由平坦到斜坡，我們放了手。

走出屋外，騎單車，風兒輕輕吹，髮絲輕飄飛，愜意快活，享人生自由，這是平凡人的富有。

三、巧手新創意

空間小、曬衣不方便，地方受限很煩惱，難為女人。

看準市場、創意無窮，身分是鐵工，他分析未來狀況，思考現代需求，設計一款輕便曬衣架，置放屋裡屋外、隨心所欲。

不鏽鋼的曬衣架，直條框成長方形，密集的圓孔勾衣架，衣服不被風飄走；平衡度的需求，上下共分兩層，中央網狀固定，鋪平小襪小手帕；底部擁有四個活動輪，推架方便、使力輕鬆，無論置放屋內與屋外，都是得力的好幫手。

以搭建鐵皮屋為主的鐵工師傅，透過腦力的激盪，大改造，自己設計花車，擁著繽紛的色彩與特殊的變化，跟隨隊伍繞境，別樹一格。

由小工到大師，一路流血流汗，終在自己的土地、蓋上美麗的家園，隨後鐵工業跟著興盛。

工廠與住家，座落島嶼大村落，數百戶的人家，擁著無數的親友團，免費做宣傳。而家有鐵屋要搭建，同是村里人，不做二人選，他是第一考量的對象。

事業興盛、鄰里讚揚，常有新作、眼睛一亮；此趟，他腦力激盪，設計新款，鐵工達人之名，不脛而走。

四、有事找長官

體內罹病，尿袋隨身，看起來既蒼老又憔悴，他的病歷一整串，看了很心寒。

他拜託拿拐杖，另一半二話不說先幫忙，請領之後立即送。按作業程序，需影印榮民證，張貼存根。

他又要求幫忙影印，另一半一手交拐杖、一手拿證件，言明攜回影印之後、隔週奉還。

每月車馬費，扣除車油與保養，吃飯錢有限；而每一鄉鎮，榮民平均約有兩千人，服務不是只有一個，除了特需與較需與其他特殊狀況，事有輕重緩急，甚且這些助行用具，說得現實點，不在服務範圍之內，是特別幫忙送。

榮民證這玩意兒，既不能借貸、也不能擔保，不知他在擔憂什麼？

他跳過另一半，一通電話，直接向最高主管討證件。

接獲還證件的指示，二話不說，身體微恙的另一半，立即驅車前往病人的居所，雙手奉上象徵他身分的「中華民國榮譽國民證」。

服務不打烊，倒也抓著一條蟲在肛門癢，熱心的結果，給他方便、竟當隨便。

當我們抵達，他老遠看見我們，迎了過來，「歹勢，讓你特別送過來。」

既然得寸進尺，我也沒啥客氣，「再不送來，讓你再告一狀，那就沒頭路、沒飯吃。」

他聽出了我的話中話，漲紅著臉。

很不喜歡這種對什麼人說什麼話的雙面人，見面時客客氣氣，背地裡卻暗捅一刀。既然這麼愛告狀，有手自己辦、有腳自己走，別得了便宜還賣乖。

五、島嶼行善者

熱愛國家、擁護政府的他，夫妻很和睦，兒子侍衛官退伍。中華民國紅十字會金門支會創始人，曾經擔任教師，今年薦報他模範榮民，果然名不虛傳、以最高票當選。

愛心事業二十年，從來未間斷，愛國與愛鄉，救苦救難不打烊。他認同鄉土、積極投入，從社區理監事、顧問，再到縣委會書記、財團法人表揚好人好事運動協會理事長與愛心事業慈善基金會董事長……等，可說做什麼像什麼。

在他的企劃下，啟動了海峽兩岸緊急醫療救援，建立了良好的機制與接運模式，病人感恩、鄉親肯定。而致力兩岸人道事務，為兩岸同胞做見證、協助大陸船隻海難救援、海灘浮屍火化安葬、兩岸離散失聯鄉親尋親，在兩岸三地流傳。

內斂與熱情的他，長期獻身公益、捐款濟助貧困，他的慈善與溫馨，發揮得淋漓盡致，以實際行動送暖於老病傷殘的鄉親，因此獲獎無數。

他的善行和義舉，除獲總統、省主席、縣長的表揚，團體的頒獎鼓勵，更是不計其數。

數十年如一日的行善，幫他報個大模範，善心義舉浮上檯面，撰寫他的優良事蹟、造訪他的老家。

他的居家座落於海邊，數百人的村莊，古厝與高樓都有，呈現出思古幽情與現代美感的視覺饗宴。

雙腳踏入客廳，被牆上琳瑯滿目的錦旗、獎牌與獎狀所吸引，他家原來用各式各樣的獎項當裝潢，說來一點也不誇張，未來，他將蓋一棟專屬的陳列館，將這二十年來奉獻的青春歲月，一一呈現在館中，裡面詳實記載他走過的足跡和片段。

一棟屋宇，樓上與樓下，層層堆積歷年來的心血，見證了行善者所獲得的各種肯定。在他行有餘力的日子裡，他將以感恩的心，努力而踏實地扮演兩岸的靈魂人物，幫助那些需要他伸出援手的同胞們。

六、愛心捐藥膏

經商有成、回饋家鄉，數十年活躍商場。

她和我一樣都是女人，不同的是，我是家庭主婦，她是商場女強人。

島嶼惟一的家鄉報，牽引了我與她的緣分，她將首波愛心託付於我。

七月底，烈日照大地，烤焦人身軀，圓一個愛心夢，不畏艷陽高照、不懼曬黑肌膚，將愛傳送到需要的角落。

歲月不待人，痠痠痛痛、骨質疏鬆，這是上了年紀的長者最常遇見的情形。愛心不落人後的她，在焰熱七月天，情商我客串，代她送愛到各方。

公家贈禮，列冊與照相，習以為常，但常碰壁，總要想方設法克服。依循往例的規矩，問她是否要造冊與留影，她說讓我全權處理。

事先造冊，物品核對人名，遇到人不在家，跑了一趟又一趟，尤以生鮮食物最麻煩。

她的乾脆，不需大費周章，彈性的運用，省卻了煩人的步驟，只要將她的愛心送出即可。如此一來，我可以輕鬆地順著路線，這戶不在家、送別家，在最短時間完成任務。

依特需、較需、再一般需求，我們在腦海裡列印一串串人影，走過許多村莊，下車寒暄問候。在這熱天候，遞上中暑、暈眩、蚊蟲咬傷都能使用的藥膏，幫他們止暈又止癢。

行善為家鄉，感念愛心又一樁，受惠者感恩。

七、鍵盤輕輕敲

昏黃的路燈映照，草長及膝的田地有牛兒在吃草，我們越過一片農田，步行在崎嶇的山間，一探祖先遺留的田園。

祖居擁擠，容不下太多子孫共住，出外不得已，這一放，田產雜草叢生，沒有太多時間掌理，任憑荒廢，心雖不捨卻無力。

心頭存在點滴，不願多談過去，那一抹不快的記憶。當孩子逐漸成長，追本溯源，尋根是必然。

長輩走在前面，我們跟在後頭，狹窄的山路難行，鞋襪沾滿了泥濘，褲管也被刺人的鬼針草緊黏不放，眼前的荊棘路不好走，考驗子孫披荊斬棘的能力。

四周的景緻千篇一律，小麥迎風搖曳，耕農越來越少，農田租借於他人種植，代價也僅能喝個涼水、沒啥利潤。

數筆土地，大小塊不一，位置不搶眼、沒有人煙往返，任憑雜草叢生不舒坦，也只能站在遠處觀看。

順勢一比，前面的土地，是祖先遺留的田產，結婚二十年，第一次見面，顯得生疏幾許。

有錢的商人捧著大疊的鈔票至島嶼尋覓，高價收購、現金買賣，他們蓋了一間間的樓房，吸引外來人口的購買慾，入住島嶼。雖然祖宗多代，與他們從未謀面，但他們留存一些紀念，數量雖不多，保存則是理所當然。

八、兄弟明算帳

合夥做生意，親兄弟、明算帳。

創業維艱、守成不易，尤以家族企業。

兄弟多、妯娌多，將帳務攤在陽光下，彼此心裡沒疙瘩。

創業難上難，一技之長留身邊，當上一代放手，決定下一代接手，緊接而來的諸多惱人問題，有關誰當家，掌權先後，問題多多。她不喜歡八卦，將自己深鎖在家，不過問男人的世界，但關心家族的企業，這是長輩一點一滴累積，才將成果交到他們的手裡。

傳承有先後，他們出世得晚，沒有早早與世界見面，按先後、權力不在他們夫妻之手，她不是計較，只期望付出的心力，能得到回報些許。

數十年守家園，孤立無援，彷彿被世界遺棄在角落的她，人單勢薄，多辛苦少收穫，枉費嫁入豪門，心有千千愁。

公婆享清幽，事業由兄弟接手，也是共有，收入與支出，夫妻一概狀況外。當她要求過目帳冊，帳務要清楚，親兄弟、明算帳，惹來了麻煩。

從此，她更孤獨，無人理會於她內心的苦。

女人何苦為難女人？而家人情感要長久，又有什麼不能說，將明細給她，問題不就解決。

原載二〇一一年八月七日《浯江副刊》

島鄉五部曲

一、山裡有寶藏

走進深山捲起褲管、探頭看、寶藏深藏田地間，思慮再三、心意堅定此地即是落腳處，爾後落地生根、勤耕耘，回歸田園守田產；當鋤頭挖、畚箕拿，選擇正確的方向，發覺興趣不在別地方，心中期待廢土變黃金，他日發揚光大，眼前管它風飛沙。

農田畫面都一樣，頭戴斗笠、身穿粗布衣，一大截腿露出褲管外，雙腳踩踏豐渥的土壤，農夫的樣貌在陽光底下盡情揮灑，村莊外、田園邊，這儼如無政府狀態的地方，逕顧自己的生活，不必察言觀色、不用看人臉色，惟獨擔憂老天一夕變色。

挖劏田地，有錢人叫休閒，普通人靠天吃飯，一粒米掉在餐桌上，都會小心翼翼地用筷子夾起，捨不得丟棄。

吃苦如吃補，心酸吞下肚，滿山遍野的植物，沒閒暇尋覓野趣，倒是在意如何披荊斬棘。

雕模造景非自然，也沒多餘的時間，開墾田園，腦力激盪，心力集中，來日子孫不愁煩。

沒有瓦斯爐的日子，起爐灶，疊紅磚，層層堆積，搭配紅赤土攪水泥，上方留存大圓孔，把鼎放上去；正面留灶口、放柴火；右處切割小方格，置放火柴盒，印有「自由之火」的標誌，內盒盛裝火柴棒、外盒側邊紫色的部分能摩擦生熱，起火來引燃。

木麻黃，非常多，隨風飄過、順勢而落，地面盡是厚厚的一層，不管三齒、四齒、六齒或「柴耙」，輕輕撥弄它，麻袋很快裝入一袋又一袋，返家日頭曬，雨季作貯藏，灶跤不會開天窗。

綠竹參天，覆土使竹筍吸水分，食用時鮮嫩脆口；摘取竹葉鋪在蒸籠上，炊粿敬天公，多雨水、少乾旱，池塘的魚蝦免焦乾，田園的高粱才飽滿。

種高粱，賣酒廠，春作收成等秋割，一年兩次的收穫，不論高粱稈的高度，只在乎穗粒的飽滿度。

年輕是本錢，想擁一片天，吃苦是必然。當雜草叢生、草根深入土壤，一支鋤頭在手，翻動攪和，經過雨淋日曬，成了不折不扣的天然肥料。

金門土豆，聲名大噪；金門貢糖，靠它打響。播種的時候輕鬆，除草則費時費工，用草鋤仔除花生草，灌溉水源不能少，花生粒才能長得大又好。

他們以植物堆肥、用雞糞灑土，不用化學肥料與噴灑農藥，儘管收成大幅下降，但求一個心安；而有機農業與無毒蔬果，是未來精緻農業發展的走向。

人，只要用心播種，希望在明天。而為了聚斂財富，不惜出走遠方的一群，田園離他們遙遠，故鄉在夢中相見。

黝黑又粗獷，文質彬彬不在他身上，不認識的人，堅信他是農夫、不相信他曾是上班族。現在，他與田園為伍，畫地自限、自得其樂，褪去許多頭銜，耕耘在田園。

人間多險惡，當他們識清週遭的一切，往日的絢麗，不再回頭看，全心全意埋首田園間，在這怡情養性的好地方。

跟隨春夏秋冬，季節的更迭，搖曳生姿的作物，看在眼裡，他們的心思更踏實，也將累積來的生活型態化為自己平日知識的寶庫。一剷一剷整田園，寶藏深藏在山林間，延年益壽有偏方，這是用錢買不到的智慧；而他們更發現閃閃發亮的黃金或鑽石，不是他們的最愛。

隨心所欲的樂活逍遙，展開了他們另一個人生的境界，無論清晨或黃昏，漫步獨享眼前的一切，看似平凡，實則意義深遠；而昔日曲徑通幽的羊腸小道，如今蛻變成遊覽車都能暢行無阻的觀光大景點，成為都市人潮回歸鄉土的夢想所在。

當自來水污濁難喝，他們鑿井所飲的地下水，水質清澈，取桶汲水，清涼甘甜，沁脾而清冽，闢了另一項生機，入口香甜又不油膩的美食。

耕田要代代傳承，稍嫌困難，當在手的農具由機器取代，終有人意願接手，荒田不寂寞，留住後代不需愁。而過往破碎的農地，終而一塊塊的連結，重現著另一種生機。

二、蜂居古厝處

眾生七月普渡好兄弟，古厝穿梭來去，膜拜神主牌，祈求否極泰來、子孫旺旺來。

一代傳一代，分枝葉，多家子孫同祭拜，豐富的供品，內餡包漿好滋味，強調油而不膩、酥軟入口，有葷有素，陽間多準備、陰間自挑喜歡的口味。

現代人，住樓房，古屋修繕奉祖先；逢年過節，肩膀挑菜碗、手上提米飯，飲水思源聚一堂。

「一敬神、二敬人」，天上與人間，祂們聞煙、我們吸鮮，冥紙雲中飄，香煙裊裊如夢幻，冷暖在心田。

一群虎頭蜂，嗡嗡嗡，飛向東又飛向西，牠們沿著小窗築巢而居，一點一滴，雖然都是牠們心血的結晶，卻對路過人們，充滿無情的敵意。

老阿嬤，好心腸，蹲身關懷小花貓，位置就在牠們巢下的地上；針在牠們的身上，螫向人身不手軟，儘管年近九十歲的老阿嬤，被蜂針所螫傷，背部紅腫、又癢又疼，依然堅持祖先為大，全程拜完、再走醫院。

幾近中午，頭上的太陽高高掛，曬黑人臉頰，消防員，聞聲而至，帶來噴燈、殺蟲劑與塑膠袋，直搗蜂巢。

大白天，工蜂外出採花蜜，蜂后在家裡休憩；霹靂戰火，一觸即發，噴燈朝蜂巢直射，突來的驚悚，蜂兒四處飛，驅蟲劑朝牠們身上射，人蜂交戰，群蜂亂舞地亂竄於半空，當一隻隻被制伏，緊接塑膠袋套住，蜂口就一個，牠們無處逃，窒息殞命在今朝。

摘去了蜂巢，古厝恢復了原來的面貌，眼前幾隻出門的工蜂飛了回來，大驚失色於家園已變色，未盡保衛巢穴的本色，在空中幾經盤旋，隨即蹤影不見，再尋覓下一個安身立命的地方、繁殖蜂群。

蜂窩已摘除，被螫咬的老阿嬤，顧不得背後的刺癢，道謝聲連連，跟隨消防人員後面，一步一謝謝，感謝他們「除暴安良」，讓古屋平靜、人兒安康。她由口袋掏出幾張象徵吉祥的紅色百元鈔票，欲答謝消防員，身經百戰為地方，服務不打烊。

兩位年輕人，揮手婉拒打賞，擔憂蜂毒侵身，叮嚀阿嬤趕快上醫院，注射破傷風，以免被感染。

送走虎頭蜂、揮別消防員，大夥繼續拜祖先，香煙裊裊、心中唸，默禱祖先保佑、也願老阿嬤平安康健。

蜂窩除不盡，居家附近亦常有蜂影盤旋在天際，夏日開冷氣，我家門窗緊閉，開門之際，一個不留神，蜜蜂乘虛而入是常有的事，驅趕費力、主動出擊，總尋覓不著牠們的蜂窩在何處，不能一網打盡，讓居家平靜。而屋前有古厝、屋後樹林多，那麼大的一個蜂巢，竟然毫無所獲，平日只有謹慎小心門戶，防賊侵入、防蜂螫傷。

三、七月話普渡

歷史悠久、人文薈萃的聚落，擁著千年風情，萬人期待的普渡大節。

化腐朽為神奇的雕塑，在七月的普渡桌上一覽無遺，粗糙與細膩，都是個人嘔心瀝血的傑作，尤以手捏物品，能夠濕的時候不下塌、乾的時候無裂縫，顯示搓揉手工的千錘百鍊、可以接受挑戰。

生在人世間，勤做人間事，人生走得好一點，高文化的層次，在平日的祭祀裡也可看得見。

昔日撿桌都是男性，今日女人也能撐起半邊天，她們不畏世俗的眼光，挑戰自己的能耐，也考驗眾人的目光。

普渡有區分，同姓氏、不同角落，各自展現絕活，在各宗祠擺上普渡桌，串起筆頭粿，燭臺、牲禮、椪粿和鹼粽，搭配香水、香菸、水果、肉餅……等，形形色色，陽間看場面，陰間鬼魂好商量，子弟兵，出外路寬廣，平安順遂好發展。

蔬果易做造型，雕塑要看手勁，經驗的累積，熟練是日積月累的成績，能夠每個年節多創意、手藝獨特，每次都有驚艷，才能吸引圍觀者的眼光，大家在欣賞之餘，同時也做了評比。

鬼月拜鬼神，每個村莊，幾乎都有普渡日，約莫下午四時後，家家戶戶在門口的供桌、擺上豐盛的菜碗，桌旁置放臉盆水與毛巾，手燃一把香，跪拜嘴中唸，前路平安、後路也平安，通行無阻在人間；主菜碗，插上三炷香，其他各上一炷香，燒銀紙、放鞭炮，再以祭拜過的水洗臉、擦手腳，遠離痱子上身，皮膚不搔癢。

普渡保平安，拜拜求心安，當夜色昏黃，散步在村間，忽地手臂如被針刺到，立即返家擦藥膏，也沒算它叮了幾個包。

隔日一覺醒來，刺痛得厲害，也紅腫得不像話，眼睛有老花，到燈光下仔細觀察，手臂兩個包，間隔一公分，奇癢無比，這麼大一個人，經不起叮咬之後的折騰，他人勸說七月少出門。

冰敷蚊蟲咬，外科醫師傳絕招，遵照指示擦藥膏，三天恢復原貌。鬼月，我除了拜鬼神、也求人。

四、老兵說故事

年輕時俊帥，現在佝僂著身影。

與老兵話家常，在一個炎炎夏日的早晨，輕按門鈴，他在二樓應聲，要我們等會兒，隨即下樓，歡迎我們入屋坐。

老兵相迎、和藹可親，在寬敞的客廳，我們面對面地坐在柔軟的沙發上，好奇他的一生，聽他娓娓訴說。他先是啟開了電風扇，又從冰箱裡取出了冰飲料，然後侃侃而談他的一生。

民國三十八年離家鄉，隨軍來台，從上兵當到少校，足跡踏遍台澎與金馬。

剛從大陸來，裝備差、武器也不佳，保安部隊的他，在古寧頭戰役中，擔任預備隊的一員。

五十幾歲退伍的老兵，謝絕自衛總隊的邀約，領取了終身俸，也與戰地女子結成雙，為日後遮風避雨著想，購屋給妻小，當年三百多萬的房子，如今已水漲船高，翻漲一倍以上。

原想自己只是過客，在戰地待一段日子，不料卻待上一輩子，老兵今生注定的姻緣，千里相逢，也因此，島鄉賺了一個女婿，同時留住了一個人才。

老兵退休之後，熱心鄉里、關心地方事務，一路走來，深獲地方好評，從績優鄰長、社區發展協會理事長、鄉公所高齡模範到榮民楷模，他受之無愧。

沒有地域之分，更無省籍情結，他徹徹底底將自己當作是島嶼的一份子，都是一家人，相互扶持本應當，無論遇到任何事情與狀況，他不計較也不記恨。

他指著客廳的牆壁上，孩子結婚時，前縣長與立委送上的祝福，老兵沒被遺忘，讓他感恩在心。

老兵擁家眷，落地生根在前方，金門是他的第二個故鄉。他雖沒打過甚麼仗，古寧頭戰役在前線，記憶深深永不忘。

如今，老兵年歲已大，將肩上的擔子卸下，與妻子過著樸實的生活。

五、聽他說歷史

通信隊長的家園，怡情養性有花園。

八十幾歲的老兵，欣逢八二三戰役五十三週年紀念，與我們促膝長談，引領我們進入客廳，指著牆上一張裱框的黑白照片，無限的思慕與感懷，和他合照的有先總統　蔣公、胡璉司令官與張國英將軍等人，歷史雖悠久，往事卻歷歷在目、值得細訴。

民國三十六年，他還是個年輕的小伙子，從上海到北京受訓，中央訓練團的校長是先總統　蔣公，當訓練結業，分發到山西太原，而當時適逢兩黨和談，不要軍官，要他們各自回鄉守家園。

由北京到青島，他搭乘登陸艇，輾轉抵達台灣基隆，而國軍在鳳山有青年軍，他在孫立人將軍的麾下，待了一段時間，回到宜蘭的通信兵學校，隨後抵金。

塔后米廠設立後的兩年，他的部隊駐紮在赤后山，千里姻緣一線牽，認識了戰地美嬌娘。

部隊駐守石頭洞，花崗岩內外，士兵屏氣凝神地枕戈待旦。民國四十七年，兩人完婚，將妻子送至台灣，自己留在島鄉。

太武山的雷達站，也曾駐紮在上面，無論晴雨，登高望遠；兩年移防，移交當天逢砲戰，待砲火停歇，再帶兵返台。

太武岩，居高臨下的山巔，一心守島鄉，沒有心情看風光。當砲火餘生，心想島民可安康？

民國五十九年，投筆從戎報效國家的他，卸下軍裝，當起了百姓，原想長居台北，因緣聚會地來到島鄉，妻子娘家說服他，已是金門的半子，將根留下吧。後經友人的介紹，購屋而居。

屋宇內外，充滿綠意，精緻的家園，佈置得如人間仙境。來到他們居住的地方，最感興趣的是牆上那幅頗具歷史意義的照片，聽他娓娓道來、戰爭的年代，消耗人力的不勝吁嘘。

而當年出生入死的老兵已逐漸凋零，體力的殆盡，以往聚會一兩百人，如今只剩七八十位，感嘆歲月催人老、時光不復在。

老兵遠離家鄉的親人，來到島鄉，將大半的青春奉獻，再回首，家園已變樣，八十幾歲的他，年邁的父母已成仙，只剩遠房的親戚在人間。

每到一處地方訪談，無論老兵或眷屬，總會遞來一杯茶水，熟茶好入喉、綠茶沁心脾，在這熱天候，消暑又解渴。

原載二〇一一年八月三十一日《浯江副刊》

秋季三帖

一、一張平安符

搭船到島鄉，與島民結緣，一張平安符，貼在牆上保平安。

日頭赤焰焰，撐傘的女人，臉頰怕曬傷，待在傘下少見光；她從遠方來，肩背一個環保袋，走遍都市與鄉村，結緣與添緣、不計較多少錢。

民間的信仰，思想差異大，相信佛祖、不信父母的大有人在，只要是神的指示，說東、不敢往西，立正、不敢稍息，就怕違背祂的旨意，惹祂生氣。

戰亂屍骨亂葬，不能安寧返鄉，野外曝屍野狗吃，曬乾變屍乾，徒留遺憾在人間；當壕溝挖、路邊剷，屍體葬一起，層層疊疊，活著的老一輩最清晰，他們曾經參與戰事，體驗戰爭無情，摧殘人命的蹂躪。

避戰火、躲防空洞的風雲歲月令人心驚膽顫，風吹草動，都能看成人影晃動，這不是老眼昏花，是驚悚畫面留存的可怕影像。而今，戰爭已停止，和平的鐘聲響起，殺戮的往事成追憶；當島嶼出現令人毛骨悚然的事，眾說紛紜，矛頭指向戰事多冤魂，當年沒安頓，陽間得罪乞糧的孤魂，才會衍生今日的禍事一樁又一樁，排難解紛靠緣分。而解套有秘方，當然春秋二祭不能免，再找時間燒銀錢。

話是這樣說，但肉眼看不見的事情，空口無憑，縱然揣測也會令人心驚；基於寧可信其有的心態，只要錢能解決的問題，平日再怎麼節儉的人，大都不會太寒酸。

發爐最常見，指示要小心，哪些路段不安寧，訴說方向你別行。而車身紅硃筆、隨身平安符，驅魔辟邪，前路寬廣、人體安康。諸如以上種種，無非求個心安，免毛骨悚然。

人逢喜慶精神爽，殺豬宰羊、祭奠天地神明，以謝上蒼庇佑之意，根深蒂固的思想，流傳至今，人們深信不疑上面有人；當有心人士沾到邊，以此大賺神明錢，一番籌謀施伎倆，信徒沒有追根究柢，手捧符令，掏心掏現金，五十元、一百元，數目雖然小，一個村子繞下來，積少成多；腳步勤快些，再走島嶼一趟，笑瞇瞇地回家躺著吃就好了。

千里迢迢來外島，既然是結緣，就不要講錢；而島民的慈善仁心，自己可以受苦受難，對神明不能沒有捐獻，說他們花冤枉錢，恐怕被砸臉，但事實就是這樣。錢要用在該用的地方，不要見符就結緣，自動來捐獻，萬一弄錯方向、貼錯地方，真神沒庇佑，引來牛鬼蛇神，花錢事小，傷腦筋事大。

戰亂、錯亂了人心，多少人依舊恐慌；而那些孤魂野鬼，是誰讓他曝屍郊外，冤有頭、債有主，我們生性磊落則不需太多愁。祖廳與佛廳，家家戶戶的香案桌上有神明，佛龕擦乾淨、屋宇保持窗明几淨，人神共處清靜的空間，你供奉、祂保佑否極安康。

島嶼廟宇多，平安符都有，居住島鄉的子民，大都知道哪一尊神明，所以思想要清明，一大堆不知底細又來路不名的符令，下手之前想清楚，結緣一大堆，你的心中究竟想要誰？

二、鈔票不見了

黃昏的街景寂寥，少了人群的熱鬧，只見來往的幾部車輛與稀少的行人，來往於黃海大道與新市街頭。

車子繞過木棉道、經過金湖所，擦身而過的一部紅色轎車突然停下，一個年輕人匆匆忙忙上階梯，左邊的口袋、掉出了一張五百元鈔票，他未察覺，逕自往金湖所走去。

我們將車停妥，探出頭，鈔票依舊在，沒有被風吹走，下車撿錢，不為十分之三的報酬。

我拾起了鈔票，快步走入金湖所，年輕人正焦急地掏口袋，東找西找、鈔票不見了，原來長腳飛？

有個年紀，爬樓梯都會噗噗地喘氣，我站穩了腳步，順手一遞，物歸原主，亦將方才所見、稟明狀況。

看他心急的模樣，這五百元對他一定很重要，雖然我不清楚他繳什麼款項，但日行一善，做下一代的典範。

揮揮手，我走出了金湖所，已經道謝過的他、追了出來，小姐怎麼稱呼？

這種事情、我常做，不要掛記在心頭。今天的拾金不昧，是我今生中，拾現金最少的一次，有好幾次五位數的記錄，依循證件，都送回當事人的手中，有的失主，連句謝謝都說不出口，眼前的年輕人，太有禮貌了。

留存較深的印象，是從臭氣熏天的馬桶裡取出錢包，聽來很扯，但實人實事就發生在我身上；當我生產第四胎時，按理應該輕鬆又自在，上午見紅，陣痛不是很頻繁，先煮午餐，再將家裡整理一番，此趟生產、住院至少六天，先搞定家事、再去生孩子不遲。

時間許可，再煮了一鍋粥，用保溫鍋帶到醫院，陪產的先生和孩子、晚間不能讓他們餓肚子。

在待產室等了數個鐘頭，沒什麼動靜，護理人員要我爬樓梯，上上下下、氣喘吁吁，指頭探頸開多少，子宮頸約開兩公分，許久毫無進展。

孕婦頻尿，走到哪邊、都會尋覓洗手間，間數有限，抿嘴憋尿，好不容易前面如廁的人走出來，我快步進入；才要脫褲，發現馬桶的水面上、浮著一個小皮夾，迅速撿起，往洗手台一扔，啟開水龍頭，正面沖、反面沖，順便沖洗我這雙浮腫的手。

馬桶撿錢幣，無聊又無趣，我怎麼沒有學前一個人、用水沖下去，阻塞不關我的事。

腦海閃過道德觀，舉手之勞助外勞；我在錢夾裡找到失主的證件，遺失的人為外籍人士，從相片看來，八九不離十，一定是看護。我將皮夾送至護理站，護理人員細打量，確定我的判斷無誤，更感動於敢從馬桶撈起來。

這溼答答的東西，誰會願意從馬桶撈起，尤其是一個即將臨盆的產婦，既要低頭、又要彎腰。

皮夾找失主，下體突然濕漉漉，羊水破、陣痛激烈，我兒將出世。上了產檯，已見胎兒的頭部，努力地使力，就是使不出力氣，原因無他，我已爬了一下午的樓梯，力氣已用盡。

「妳已生了第四胎，應該很有經驗，怎麼會生不出來？」助產士如是說。

「我爬了好幾個小時的樓梯，真的沒力氣。」身子近癱軟、額頭冒大汗，我還是很努力的吸氣、吐氣、出力。

聽到嬰兒的聲音，每個產婦的眼睛都為之一亮，同時如釋重負；我側著頭、看著小兒子，你這小鬼，在考驗媽咪的耐心與愛心嗎？

三、月圓話中秋

年年過中秋，月亮今年感覺特別圓。

颱風過後，豐沛的雨水、溼透了我們的鞋；將軍勘查災情，我們關懷卸下戎裝、曾歷戰亂的國軍。

數輛迎賓車，在我們約定的時間會合，將級與校級，軍人不怕雨，淋得猶如落湯雞；敬業的媒體，涉水而過，衣裳濕漉漉，寫實報導不怕苦。

軍民一家親，司令是鄉親，遞上名片予榮民，有事找我，我們都是一家人。

滂沱雨勢下不停，慰問金與營養品，雙手奉上、握手致意，此刻，沒有階級之分，只有關懷的心意。

同處這塊島嶼，人不親土親，地瓜與芋頭早已是一家親，彼此寬容與互信。

無論是低矮的住屋，抑或現代的建築，停下腳步、促膝而談，聽他們說戰亂、談他們的紅顏，我們不懂戰事，但凝聽他們的故事，說到激動處，言語哽咽，這是他們的人生，我們只能意會。

中秋月兒分外明，照著各個角落的人影，大至博餅、小至聚會，人群總在月光下穿梭不停；今年，婆婆好手氣，桌狀元、在社區，全家歡呼豎起大拇指，八十幾歲的年紀，擲出這麼好的骰子，歡喜迎中秋，開心領獎品。

我則在中秋當日，拿出勇氣，做了乳房攝影，四十五歲以上的女人，防乳癌，縱然怕痛、也要鼓起勇氣、不能畏懼。

子宮頸抹片檢查與乳房超音波，我每年定期做，早期發現、早期治療，這是防癌的撇步，至於乳房攝影，大約兩年做一次，雖然有些不舒適，但為了健康，深呼吸，給它做下去。

進入乳房攝影室，褪去上衣與內衣，站在機器前面，雙腳與肩同寬，兩邊的乳房，正反面各照一張，當喬好位置，深呼吸、放輕鬆，機器壓緊，憋住氣，攝影完畢，機器自動彈開，壓扁的乳房回復原狀。低頭看，乳房瞬間有些兒腫痛，回家熱敷、按摩，減輕它的不適。

女人，要善待自己，平日注重保養、按時檢查身體。某些檢查，雖然有些不適，依長遠目光來看，痛一時、總比痛一世來得好。

浪漫溫馨的八月十五，月圓人團圓，依循風俗、敬天公，天公粿、牲禮、菜碗和金紙，三牲配六碗、五牲搭配十二碗，跪拜祈求，子孫綿延、富貴吉祥。

當月兒高高掛、花好月圓祭拜「月娘媽」，月光下，設香案，香爐置中央、紅燭擺兩邊，月餅、柚子不可少，傳統的紅龜粿，則依人喜好。

中秋分外明，交織著月光與人影，美的饗宴，畫上完美的句點，再待明年月圓時。

原載二〇一一年九月三十日《浯江副刊》

秋日風情

一、秋天的早晨

秋日的清晨，微風徐徐、落葉輕飄，沁涼意；走出家門，賞鳥兒清心，隨牠們起舞。

黑白相間、羽翼豐滿的鳥群，在斜坡的綠地覓食，牠們從樹林一躍而下，飛進草叢、啄食昆蟲，跳躍在一片青綠的草坪上，無視站在不遠處的我們、正凝視著牠們咄咄的吃相，自顧地一點也不害羞。

車過柳林與小徑，眼前的景象更壯觀，八哥密集地佔據著整條馬路，埋頭啄食，見到車輛，鳴聲喧譟、極為吵雜，一窩蜂地飛起，待我們離去，再飛回原地。車駛遠，我回頭看，牠們依舊佔據方才的地盤。

在這寧靜的早晨，我這早起的人兒與喜鵲又結緣，牠們分布在瓊林路段，不同的鳥群，地界有分線、互相不侵犯；看到了喜鵲、很親切，心情格外地舒爽，起因於我曾抽過一支籤，「喜鵲簷前報佳音」，那一年，喜鵲幫我帶來好福運，心想事成、懷了男胎，傳宗接代有希望，對蔡家有交代，終於熬過了多年的鬱悶與無奈。

中央公路則是褐頭白面的麻雀三兩隻，吱吱啾啾，聲音雖清脆、亦感覺悅耳，但與先前數段相比，聲勢稍嫌脆弱、亦覺孤單又寂寞。牠的身軀雖輕巧，雙腳併跳很活躍，但鳥類太多，一點也顯不出嬌貴所在，農忙秋收時節，倒讓人厭惡牠的存在。農田儘是用舊衣花布縫製而成的人像，站立田中央，固定來站崗，死守著田園；而今，人偶已嚇不走聰明的鳥群。而農夫百忙抽空在田間的泥土上、插竹竿，上頭繫上塑膠袋，隨風飄在半空中，發出了聲響，但牠們習以果腹的、仍然是串串飽滿的穗粒，哪管阿飄佇立在前方。

農夫也不是省油的燈，雖無鳥槍，驅趕鳥獸有妙方，大炷香、香身套緊小爆竹，一小截、一小截地整齊排列；能夠持續數個鐘頭的粗香，點燃後，有時間概念地準時放炮，當炮聲起，不是敵人來侵襲，而是農民顧農田，腦筋急轉彎，發明有偏方。此際，鳥兒嚇破膽，頓時鳥獸散，高粱舞秋風，收成有希望。

早起的鳥兒有蟲吃，早起的人兒看鳥在覓食，秋意深，即將進入驟冷的冬季，牠們單薄的羽翼，依舊翱翔在島嶼的天際；而我這早起的人兒，賞牠們英姿，有天清晨，正陶醉其中，卻突地驚愕，因我遇見了一條蛇！

頭呈三角形、身體圓又長、外觀軟綿綿，我在曬衣、牠爬到我腳邊。

屋後的小型晒衣場，ㄇ字型，上懸曬衣鏈，勾衣很方便，每個清晨，是我必走的路線。

洗衣機、擺庭院，洗好的衣服要晾乾；我按順序大小件，整齊吊曬在曬衣場，眼光飄遠，時常遇見晨起運動的銀髮族在籃球場散步，每日持之以恆的鍛鍊身體，有益健康；鐵不冶煉不成鋼、人不運動不健康，這是他們健身的偏方；和他們揮揮手、道聲早安，增進鄰里的情感。

猛一低頭，正匍匐前進的一條蛇，從盆栽與盆栽之間的縫隙爬了出來，我還來不及意會，牠已從我腳邊溜走，迅速地進入雜草叢林間。

蛇出沒，有毒無毒，我不知道，阿彌陀佛、沒被咬！

二、秋日的暖陽

秋意濃，島嶼的人情味更濃。

觀光團、到島鄉，團員登山、他不見。

風輕拂、髮微飄，佇立屋外賞樹梢；小鳥飛、雲兒飄，尋覓家園何方向？

陌生的容顏、未見的影像，在屋前與屋後、繞過一圈又一圈，腳步有些急促，怎麼看都不像散步。端詳他的臉，有點兒慌張，我在心裡暗忖，他一定是迷失了方向。

他彷如進入迷宮般地、怎麼樣都走不出村口，越是緊張、越抓不住方位。當他經過我身旁，我好意趨前詢問，是探訪親友、還是迷路，有否需要幫助？

他告訴我馬路旁邊的柑仔店是老婆的娘家，他從美國回到台北、旅遊兼探親。當我告訴他，這裡是金門，他說怎麼會，他明明在台北。

曾經參與社區事務，對每戶人家有些概念，斬釘截鐵地告訴他，他要尋覓的人、不在此處。但我很樂意幫忙，幫他報警，請警方協助。

老人家堅持不願意找警察，此刻，我疑問上心頭，看他穿反的上衣、答非所問的舉止，懷疑他是否為偷渡客？

僵持老半天，另一半問他身上有否攜帶識別證件、以利尋找親屬，讓一家人及早團圓。

他從口袋掏出榮民證與駕照，另一半職業的警覺、立即向服務單位呈報，並試圖查詢在台家屬的連絡電話，但家中電話無人接聽，請其駐區組長協助聯繫。

陽光就要收斂、白晝也要打烊，黃昏即將到來、黑夜就在不遠，老人需要安全感；眼看時間一分一秒的過去，老人心急，我們請他稍安勿躁，有的遞水、有的安撫，保證一定幫他找到親屬。不知他的身體狀況如何，盡量令他心情平靜、不要恐慌。

前面的努力，猶如斷了線的風箏，而尋覓他的落腳處，連一點蛛絲馬跡都不放過；急促地奔走，只希望早點讓他回到親屬的身旁。當我詢問一位老闆娘，旅遊團員有否住宿在該處、可有人走失？

她急急地揮手：「我們這裡沒有人走私。」

音色相近，真是要命。國語難溝通、閩南語嘛也通，我再以閩南語複述一遍，終於化解尷尬的場面。

太陽快下山，大家都緊張，該用的方式都用了，卻毫無頭緒；顧不得他的不願報警，直接手機點按一一〇報案專線。

家屬已報案協尋，警方也正分頭找尋，他們已經找很久，未料他出現在我家的門口；確定了阿伯的穿著，感謝我提供線索。

隨後，一部警車、兩輛警用機車，由金湖警所副所長領隊，依循地址、來到家門前，將老翁接走，因他心急如焚的家屬已在警所等候。

我的手機輕響，警方來電詢問狀況，回覆他們，功德圓滿。

數分鐘後，另一半的手機也響了，老翁的家屬再三致謝島嶼的人情味。這或許是緣分的使然，上蒼指引他遇見雞婆，免露宿街頭。

觀光團、登上島嶼最高峰，見識花崗岩、俯瞰山下的風光；山頂上，大佛庇佑人安康、齋日齋食隨人添。他們下了山，不見老翁在眼前，急急尋覓、沒有蹤跡，急壞了團員與親屬。

好人做到底，稍晚再去電，詢問老翁的狀況，他在太武山下脫了隊，馬不停蹄地奔走，如行軍地繞了大半天的路，身體可安康，有否需要協助的地方。

由後方到前線，搭機遊戰地，老翁這一趟難忘的旅遊在島嶼，捏一把冷汗、有驚無險。

三、行車要小心

深秋沁涼意，車子不必開冷氣；車過中央公路，搖下車窗，享受秋風輕拂的快感。

風兒飄臉間，閉目養神，不管髮絲亂飄，拂去臉上的粧；我賞心悅目於道路兩旁的綠蔭盎然，喜歡綠意存在生活間。

叉路禍事多，兩部機車分別倒臥水溝加蓋的路旁，男駕駛流鮮血、女騎士掉眼淚。

我們將車停妥，報案一一九，眼前路段有人出車禍，傷勢不清楚，待我跑回頭，查看再連絡。

站在原地、安撫傷者情緒，等待救援。女騎士蹲地抽泣，她說從山外方向駛往金城上班地點，直線車，遇見對方轉彎，兩車香吻道路間；男駕駛則坐在地上、一語不發，用一團衛生紙擦拭著臉上的血漬。

警方與救護車隨即抵達，誰是誰非、自有公斷。

馬路如虎口，叉路與十字路口更要當心走；不久前，我們趕攤、為人瑞慶生，結束第一攤、正趕下一攤，路上耽擱了一些時間，也是遇見叉路的車撞車，下車詢問傷勢，幫他們報案。

當我們到達人瑞家，頻頻道歉耽擱了時間，因為很多老人家、不耐等，甚且習慣守時與守信；當他知道我們的延誤是為了救人，不但不生氣，反而要我們吃甜甜、蛋糕要多吃一點。

人瑞的打賞，恭敬不如從命，也留下了回味無窮的生日禮。

行車要當心，超速不可行，逞一時之快，一輩子噩夢難解、陰影難消。而擁有守法的駕駛觀念與路權的正確思考，是每個人必修的課程。

四、心底的吶喊

一張存證信函，遞到我的面前。

她聲嘶力喊，控訴家庭無溫暖、手足來相殘、單位沒保障、醫療亂開單。

從她手中接過單位發出的存證信函，裡頭密密麻麻、書寫兩張；親人在上班，語焉不詳、精神不濟，就醫診斷為幻想、家屬能海涵，後面加了個精神分裂的字樣，不能接受不能談。

平日精神非常好，幻想老婆長得漂亮，未婚想婚，新娘何方向？他急得想抱美嬌娘，沒有殺傷力，卻強制就醫；單位發出了存證信，要家屬出面解決，否則依規定辦理，恐要回家吃自己。

她說，男子漢大丈夫，肖某不為過，理所當然想成家，並不犯法；又說，親人精神好、狀況佳，函中所指工安意外、並不存在，怎能辭他頭路，終日家中坐，讓白髮人養黑髮人。

她難過於親人之間有裂縫、手足之間很陌生，屋簷下的相處，不能以寬容心、相互扶持，終日吵吵鬧鬧，少了包容、多了責備，演變成今日的窘樣。

手足相殘為哪樁？惡臉相向，倒楣的總是弱勢的一方。兄弟姐妹、同一娘胎出世，倘若不能相容，枉費有緣同處屋簷，而無論是先天、抑是後天，異常總是不舒爽，輔助需要更多的時間；當他們情緒轉折，總讓人不敢恭維，而在錦上添花的現實社會，又有多少人雪中送炭？當事人除應尋求正當的管道，勇敢面對、解決有其必要。

被當異類心裡不舒坦，每個人都說自己很正常，而一旦醫療診斷有異樣，不符合自己的思想，一定會反彈，這也是自然的現象；當症狀明顯，要接受很難，坦然面對、更需要時間。

無助益的四處陳情、逢人控訴，不如對症下藥、積極治療、尋覓良方，以重現希望。不要放棄地多做努力，人生縱然無色彩，也不會太黑白。

身體有微恙，諱疾忌醫不是好現象，家屬理應寬容與海涵，陪他度過這漫漫長夜的夢魘。

五、我們喝的水

鑿井汲水，沒有漂白味。

長久以來、飲水猶如喝咖啡，暗褐色，水管難清澈；擔憂健康出狀況，跑到很遠的地方取水，油錢比水貴，但就是沒輒。

鄉下地方水井多，既飲用、也灌溉，肚子也沒聽說有什麼不快；那種入喉甘甘甜甜、腸胃蠕動正常的舒適感，促使鄉親父老愛井水而不愛自來水。

井水與自來水，泡茶有差別，就算普通的茶葉，配上井裡的泉水，成了甘冽的茶水，入喉潤腸胃。而三餐的燉滷燙煮用井水、口感佳，吃在嘴裡，既不噁心、也不反胃。

挖井，隨歲月喊價，往昔一口井、花費三兩萬，如今漲價十來萬，工人難找、技術難尋，挖一口深水井，十來個井圈，深入地底層，空氣稀薄，容易缺氧出事情。

無論淺井與深井，湧泉看分明，蚵殼滌慮讓水清；使用前夕，抽水馬達先抽取，去髒水、濾鹹味，爾後每年下井做專業的排泥。

一條粗繩索，繫緊腰身往下走，這是下井排泥的基本步驟。站在井邊的人，力氣要夠、反應要強；井口繩索慢慢放，下井的人用手來支撐，雙手貼井壁、工具往下丟，趁著井水剛抽取、井泉不湍急，剷污泥，井底觀天也觀地，上下相呼應，裝泥放容器，一來一往，快速度清除髒泥。而井底稀薄的空氣，當呼吸不是很舒適，趕緊回到井外深呼吸。

隨著自來水走入家庭，用的方便，卻也造成不少的困擾，從濃濃的漂白味、再到蛻變的顏色，終至泥沙的夾雜，我們聞水色變，彷如身處恐怖的人間。

消毒加劑量、排泥與漂白，水管的異味沖出來！擴音器那頭、千呼萬喚家戶開啟水龍頭，排泥不收費，讓水質還以乾淨的顏色；而住家樓層都巡過，偏偏重要時刻來停水，既無法排水、亦不能沖廁。

消防車、來送水，需要的人去排隊，大桶與小桶、大鍋與小鍋，通通都出動。另類的救災，搏上了新聞版面，水的問題，又浮上了檯面。

家戶到井邊，汲水來煮飯，恢復傳統、挑水的景象；天一亮，拿著一家老小的衣裳，蹲在井旁搓搓揉揉、擰乾曬陽光。

無法想像的自來水、有多髒？聞之刺鼻又刺眼，身體深受其害。已經大排水、好幾天，水中異味依舊在，這樣的生活品質不應該。

原載二〇一一年十月二十日《浯江副刊》

初冬二則

一、小榕攀屋簷

啄啄麻雀嘴，含籽播泥縫，他日小榕逐漸成長，攀繞在我家的屋簷。

屋頂伸到牆外的邊沿處，水泥有細縫，鳥兒勤播種，綠蔭盎然一株榕。

家中的屋簷有小榕在成長，豐沛露水與雨水、成就了它欣欣向榮的景象；而旺盛的生命力，在石縫間迸出，延伸至屋簷一角，每每迎風搖曳，對我們這屋宇的主人而言，是欣喜、亦是憂愁。

墨綠色的榕樹長成，儼如鬍鬚般的藤蔓沿著屋壁四處牽絲，沒有多久的時間，才剛嶄露頭角的小榕迅速成長，枝葉茂密、蒼勁飛揚，倘若讓它繼續擴張，將來勢必長滿紅果實，鳥兒棲息有天地、多了一處覓食的地方。

然而，屋宇的結構，除鋼筋和水泥，空心磚是主體；長方形的空心磚，外觀雖然美、裡頭卻是空蕩蕩，不夠紮實不平整，裂縫處處很平常，如果藤蔓往裡鑽，思想後果很不堪。

一位地理師路過，仰頭看屋簷，指著小榕說它長對了地方，庇蔭主人好發展。我們雖然聽得心花怒放，將來求官有官、求財有財，但為長遠設想，藤蔓已深入家園，豈能讓它肆無忌憚地破壞屋宇的團圓；至於一家老小，平安即是福，腳踏實地過一生，決定不奢求偏財運。

家住高雄岡山，來金做「收尾」的工程師，自備鋁梯，在一個群鳥和鳴悅耳的清晨，為我們摘除了心頭之患。

有事求人，要找對方向，將對的人用在對的地方，否則如無頭蒼蠅亂竄，只會加深心理負擔，亦徒增笑柄在四方。

廚房是鐵皮搭建，沒有專業與膽識的人，不敢攀爬於上；他豎起鋁梯、一躍而上，腳踩釘子的地方，底下免落空，並且小心翼翼將防滑安全梯固定一方牆壁，雙手扶邊緣、雙腳順著梯子爬上去、身子緊貼防盜窗。

水管埋牆角、水泥有裂縫，藤蔓順勢而生，根已深埋其中，這高難度的棘手問題，鋸子是輔助工具。

紮根在泥縫，拔除不輕鬆，鐵鋸去除樹幹，尚有樹根留在隙縫，他以鐵鎚敲平鑽，不傷水管，一鑿一鑿地由淺而深，才幾下功夫，就解決了問題，連根拔起，我們鬆了一口氣。

考驗智慧與功力，實力遠勝嘴皮。我從他的手中接過這株考倒眾人的小榕樹，仔細端詳，它也沒有什麼特殊的地方，且根部沾滿水泥，竟能在屋簷這種土壤貧脊的地方迎風搖曳、屹立不搖地成就了猶如花束的身影。我想將它移植做一個紀念，很遺憾此刻不宜。

順利摘除鳥榕，他低頭一看，鐵皮屋頂又一株，順手把它拔掉、永絕後患。

人人懼怕的高難度，避之唯恐不及，研究對策、漫漫長日無下文；而一面之緣，他的義舉善行，絲毫不居功的作為，讓我心生感動，這對懼高無膽識的我們而言，嘴巴說謝謝、心裡存感恩。

同時，公公今年榮獲建國百年高齡模範，獲贈一塊匾，紅底鑲金邊，九如呈祥、金光閃閃，將它交到我們的手上。

匾額懸掛在客廳的牆上，傳承子孫做榜樣，抬頭看，阿公受鄰里讚賞，政府來表揚。

家裡無鐵鑽，我們也不敢爬上高的地方；正在傷腦筋，家住屏東、其父親為中廣記者退休的工地主任，正好來金勘查工地，土木工程系畢業，學有一技之長，爬高爬低不費力，又是一個仁德善行，犧牲中午休息時間，在一個午後，鐵鑽拿在手，汗流浹背地將家裡的客廳，從匾額、字畫到獎牌，一一釘牢。連同信箱、燈具，巡視一遍，全部補齊。

工程不收錢，第一次遇見；他的原則是感覺對了，服務得心甘情願，我的原則是不能讓人做白工，各有堅持，終以緣分收場。

收尾不輕鬆，與軍中簽約，如期地完工，驗收過關，將與島嶼說再見。一行人，登上太武山朝聖、又搭船到烈嶼鄉尋幽訪勝，他們單車輕騎在小金的各個據點，依循地圖探訪。

臨上飛機，他們辭行道珍重，留下聯絡方式，告訴我們，以後有什麼需要協助的地方，儘管去電。這難得的友情，後方與前線，又在島鄉添一樁。

二、歷史的見證

塵土飛揚拆古屋，思古幽情已不復。

破舊古厝，屋瓦掉落，主人離鄉，身影不現。那一片片剝蝕、龜裂的殘缺形貌，已無法勾勒出優雅古樸的細線條，倒換來粗糙的人工製造。

卡車運來小怪手，落地拆厝，沒有防護；泥沙紛飛，不見灑水；圍籬未搭建、警示燈不在現場，零零落落不像樣，傷了住戶的情感。

怪手挖破水管，工程會受影響，住戶亦將面臨停水的不便。屋後挖地破了管、屋前也一樣，一通電話，助他補破網、水管修復先前的模樣；他們需要協助的地方，釋出誠意，讓工程進行順利。

助人最樂，亦該看人眼色，遇到修養不及格的人，對他好，徒增自己的困擾；鐵釘、塵土、小石塊，在每天收工後，附近住戶要做收拾善後的工作；工地零零落落，愛做不做，每天民眾吸灰塵，惹來不滿的聲音；協調能力差，與住戶有摩擦。

拆古屋、亦拆家戶的鐵皮屋，拆除多少範圍，在既有土地鋪上十公分的水泥；沒有水平線的開挖，以視線測量，高低起伏太大。一塊水泥地，從六、七公分到十五公分不等，住戶不滿意，以人工重新敲掉、再鋪設，多花了數天的時間敲敲打打，難過了鄰居吃泥沙。

滿目瘡痍的景象，猶如廢墟一樣；民情要往上反應，電話就不能白打。列出問題的所在，終於看到了成績，工人態度稍緩和、竹掃帚掃泥沙、水車洗地板、卡車清垃圾，載走了一車又一車，環境有改善，心裡稍舒坦。

古屋尋寶樂無窮，未間斷的人潮，探頭探腦，尋到了他們想要的寶。一扇小窗，屋裡與屋外做人物的連結、人手的接駁，擁有多年歷史的古物，成了現代人留存追思的記憶。

八十幾歲的老阿嬷，粗工的心戰喊話，要她入屋一趟，尋覓金銀財寶與珍珠瑪瑙。阿嬷從古屋出來，地有高低，爬得費力，我向前、攙扶她的手，建議施工人員，尋覓古跡，倘若真有值得珍藏的東西，直接交到主人手中，不必大費周章讓老人家在屋裡穿梭顛簸的工地，且會觸景傷情，倘若有閃失，獨居的老人，誰來顧她起居。

古代沒有保險箱，防賊入侵，鑿壁存財寶；後代子孫，古厝要翻新，怪手挖地底，黃金見光、白銀現身，身後來不及交代的寶藏，一夕見天。當古甕見陽光，翻身有希望，這就是名符其實的吃祖公屎，但這樣的機會，終究不多。

屋瓦落、屋身走，古厝拆除一大半以上，只剩下一個小圍牆，水泥修補石縫處，「地盤」雖然依舊在，古不古、今不今；唯一安慰的是去除了髒亂，環境有改善。

統籌規劃，有助地方發展，不然就是浪費公帑。每年中油補助六百萬、台電回饋金一百萬於社區，這麼豐沃的收穫，植入這塊肥沃的土地，該有欣欣向榮的園地，只可惜計畫不周全，理事會形同虛設。

君不見水溝阻塞，由來已久，下游不通、上游是罪魁禍首；沒有加蓋的水溝，垃圾與污泥，順勢往下流，流到了後頭，倒楣的人吸收。那一天，強大的水柱，沖不走頑強的泥垢，在這麼一個熱天候，大水管如巨蟒、人龍往前衝，累壞清潔人員，嘴巴一句話也不敢多說。

社區安裝十六支監視器，美意一樁，可惜擺錯了地方，鏡頭指向大馬路，反而忽略了治安死角。而防賊侵入、小心門戶，尤以古厝不上鎖，老人家更需要有形與無形的關照在後頭。

窗不關、門不鎖，自由出入左鄰右舍，普遍存在於鄉間，而慈眉善目的老人家，遠迎好客重情味，但要當心家當長腳走；而一旦他們有所損傷，監視器調閱，則事實勝於雄辯。當擴音器那頭傳來家戶小心門戶，發現陌生人，不請自來地侵入住宅，住戶紛紛探出頭，豎起耳朵，聆聽事情的經過。

平日坐在家門口、漫步社區的四周，外來客，詢問粉味的方向、小姐在何方？而數日前的下午，站立家門前，亦感覺不安全，已經在社區繞過無數次的一位老芋仔，騎著他的紅色電動機車，來到我的面前停下，開口就是「小姐，我們去吃飯。」

尋芳瞎狗眼，都快進棺材的人，還這麼的肖豬哥，先前已在社區繞很久，碰面總是詢問哪裡有小姐？

以前回答他不知道，這次很火大，直言他破壞社會風氣，要跟他太座報告；他快車離去，未再出現社區。

一股清流，是我們的要求，當年，博士有意願服務家鄉，接受了請託，讓他如願上寶座，期望他學以致用、帶動地方的發展。未料，他台金兩地走、時間不夠多，忙於教學與研究，未能替鄉親服務得更多。

大家都想當官，本月又將改選，即可看出端倪。誰當都好，以民為本、服務鄉親最重要；倘若虛有其名，沒落了社區，歷史終會留下一筆。

原載二〇一一年十一月十二日《浯江副刊》

跫音繚繞在心頭

一、以德報怨警助民

一家多口身殘疾，四十年前送台去，精神療養在院區；戶籍在金門，實地住台灣，久而久之失聯繫。

八二三榮民，一年三節慰問金，除春節三千，端午與中秋各兩千，一年合計七千元，均在節日前夕、匯入個人帳戶。

過世兩年多，遺孀失連絡，疑似失蹤的人口，是死還是活，答案無解，追蹤無著落。

事隔多時，追繳溢領的金額，往者已矣，生者難追；半年前，承辦人行文警局協尋要證明，沒有了下文？

在一個冬日無暖陽的陰天，新官上任的副處長帶領責任區輔導員與組長、走了一趟金寧分駐所，就警方受理失蹤人口無著落，不聞不問、要求一來一往的公文來佐證。

警員招呼坐，燒水泡茶道分明，電話一通通，呈報長官好溝通。原來，事有前因與後果，半年前的協尋動作，法令裡的條文規章，報案之人、需親屬或鄰里長，而礙於警方不能隨意發文，於是局裡的員警、電話回應處裡的承辦人，親往警局作說明，他們一等數月，等無人。

問題的所在，一目了然，疏忽的是自家承辦人，誤會了警方。副處長腦筋急轉彎，即時與警方斡旋，直指口頭聯絡不能算、堅持一來一往的公函，要求他們出具「尋無此人」的公文；國有國法、家有家規，這當然不可能。

局裡的課長親率該局承辦人，手持作業規定做說明，而當月受理的公文依舊在，記載很清晰，證實警方當時有聯繫，非不聞不問不搭理；法理不外乎人情，課長親自坐鎮指揮該局員警，請來前任村長瞭解詳情，且立即派員查詢，終於找尋之人有著落，她去年已在台作古，而世間尚有親弟弟，來龍去脈他清楚。

看似一樁「小事」，實則暗藏玄機，勞師動眾的結局，特殊個案、特別處理；這棘手的問題遇到有能力的人，除明察秋毫，亦化繁為簡，完美的畫下句點。

警察的任務主要以治安和交通為主，近些年來，已跳脫以往刻板的印象，全方位地主動出擊，在每個分駐所、供應茶水、腳踏車、打氣桶、導覽圖；更甚者，關懷轄區內的獨居老人、弱勢族群，讓他們亦能感受社會的溫情。

回想以往，人們對警察很反感，六親不認是他們給人的印象，而那些品德低、素質差的老鼠屎當然會壞了一鍋粥，人們故將他們稱之為「有牌流氓」；而今日他們的愛心無限，已深植人們的心田。

追繳溢領款項，「認錢不認人」，只要有人繳，結案在今朝。副處長與輔導員為追回台幣三千，勞動警方人馬協尋；榮眷的突然由人間蒸發，就這樁個案，警方以德報怨，沒有互踢皮球，遠距離、近速度，在最短時間幫忙解決了難題。

諸多公務人員，上班吹冷氣、枯坐辦公椅，一台電腦打急智，遇到事情冷處理，沒有同理心；不開明的思想，一旦換了位置、就換了腦袋。此次，親眼目睹了警方所做的優良示範，的確值得讚賞。

二、澆熄了的志工心

小小志工獻愛心，關懷獨居表真情，年度訓練很特殊，傷了小志工的心。

角落的人群、痛苦的呻吟，惟有志工最知情；數年如一日，沒有任何福利，只問付出、不問收穫的一顆心，堅持回饋的本性。

例假日，常常一家老小，走入人人不願接觸的地帶，大人這樣做、孩子跟著來，不嫌髒來不怕臭。從小灌輸他們觀念，施比受更有福，手心向下、心裡更舒服。

居於照顧家庭的考量，我從來不接受訓練，這些表面的假象，比不上實際接觸的經驗。那些素質參差不齊的講師，台上口沫橫飛、上課一節又一節，有的文不對題、脫序演出；枯燥乏味的內容，台下猛打瞌睡，甚或思緒落跑，不想浪費寶貴的時間、吸收不營養。

長官多次邀約到現場，接受訓練，不忍拒絕，但我表白明確，星期假日，我要照顧孩子。雙方約定，將孩子帶到現場，上課兩天，各發證書一張。上課前一晚，去電確定無誤，孩子興高采烈，他們將成為正式志工。

孩子的心情如過年一般地雀躍，他們起了個大早，催促大人不能遲到。大女兒在台就讀，以前也是青年志工，雖然和其他學員一樣，兩年前曾經接受訓練，亦繳交照片，但證書無任何人拿到，多次反應無下文，大家摸著鼻子再受訓。此趟，除大女兒之外，我們全家搶頭香，第一抵達到現場。

排好隊伍，準備報到，就讀小三與小六的孩子被拒於門外，理由是年齡太小、不符合資格。長官現場詢問承辦人，答案是無年齡限制，副主管說不行？兩個孩子失望地由他爹帶離現場，找尋兩天安置的地方。

車上，孩子告訴他爹：「士可殺、不可辱！」

孩子的心靈，倘若無創傷，又怎會口出此言？主辦單位副主管，則當小事一樁，企圖一手遮天。我將感受與遺憾訴予採訪記者，記為求報導的真實性，求證主辦單位。而我則惹來長官的不悅，憤恨記者跟他興師問罪？

座談會，我拾起了麥克風，在學員面前，提出個案，接受公評；下情倘若不上稟，主管只有一對眼睛，無法看到背後的真相。

記者採訪，遇有爭議的地方，須做求證的動作，他沒有錯，豈能將求證當做興師問罪；這猶如作者寫口述歷史，受訪的對象，雖然滔滔不絕地陳述，但在戰役時期的日期記憶、不一定準確，作者本身，仍然要做一個完整的筆觸，縱然不能達到百分之百的完美，距離亦不能太遙遠。甚且，提筆上陣，文責何其重要，豈能將求證當做興師問罪，這是何等的嚴重。

志工，是志願服務，他接觸了許多人群，除服務、亦是學習，大部分犧牲奉獻、少部份投機取巧，顯然後者只有遭到唾棄的命運。儘管如此，我們的確看到許多的假志工，勾心鬥角地鑽營利益，違反了志工的宗旨。

真正的志工，不求任何的回報，他們不需要掌聲，但需要尊重與肯定。而各單位招募志工，自己員工與眷屬，理應起帶頭作用，不是坐領高薪躲幕後，事情由別人來做。

認識我的人都明瞭，我可以不要命、但不能不守信。但是，已近半百的我、第一次的沒信用，對象竟然是自己的孩子。原因出在他人對我掛保證、我又對孩子掛保證，嚴格說來，我不是罪魁禍首、但也難辭其咎，我無顏面對。

我擁一顆助人的熱心，但識人不清；當孩子告訴我：「我們雖然年紀小，但是志氣高；我們雖然年紀小，愛心不會比大人少。大人要我們來參與，也保證沒問題，結果卻是乘興而來、敗興而歸，這是大人錯誤的示範。」

號召小志工，捧場的只有我家的小孩，當兩個兒子離去，現場只有二女兒；品學兼優的她，講師台上講、她在台下專注的凝聽，有些課程，網路上面有、她們現階段也已經讀過，那就當作溫習。

簽名領便當，聽了此言心情很不爽。不是官大就學問大，沒有人是為了領便當而來，我們買得起、亦吃得起；溝通的技巧，何其重要，修飾語意，有其必要。而鼓勵公務人員現階段進修，不是沒道理。

平日，我們深入各個角落，關懷弱勢族群，明瞭他們的痛與苦，協助他們度過難關、迎接陽光，有誰比我們更有資格來談，尤其是那些到場報到，瞬間不見之人；我就看到一位年輕人，開幕時報到，長官幫他照相存證後，一溜煙不見了，兩天未見他的影子，這證書，發還是不發？

任何的活動與訓練，承辦單位事後檢討，不如事前規劃周全，當無經驗的新手上路，需要資深的輔助。而長官指令要明確，不能模稜兩可，更不可出爾反爾。

過程的細訴與感受，從全場的鴉雀無聲、到如雷貫耳的掌聲，感受了學員的熱情與支持。而有肩膀的主管，當知道事情的來龍去脈，在眾學員面前，多次鄭重道歉；校長級的講師，亦認為我將這樣的問題提出來，非常有意義，值得深思，並肯定了孩子的志工心。

一樣遭遇、兩樣不同的結局。主管底下諱疾忌醫的鴕鳥心態，認為小事一樁、微不足道；有擔當的主管知道問題的嚴重性，果決面對多方的聲音，檢討並改進。

有魄力的主管，也要有能力的部屬，不然，主管會過得很辛苦。猶如某位講師，站在台上眉飛色舞、將自己說得很熱心，滔滔不絕講案例，不知情的人、為她掌聲鼓勵；很遺憾事有出入，據她的主管告知，平日她走在前頭放屎，他都在後頭幫她擦屁股，打躬作揖向人賠不是。顯而易見地，某些訓練的課程，儘管長篇大論，亦只能參考而已。

三、租金哪裡去找尋

戶籍在島嶼，人兒常往大陸去，接獲訊息，他已躺在醫院裡。

臉上有傷痕，先說自己跌倒、再說他人打傷，堅不透露真原由。但我們與醫護人員做了聯繫的動作，評估他的跌傷，怎樣都不像，明顯有外力的侵入，但他就是不肯吐露。

幫他備好盥洗用具與住院所需，他嫌我們說話有聲音，將我們趕出病房外，他的鼻孔戴氧氣、罵起人來倒是鏗鏘有力，嘴巴不斷說我們沒規矩。

捐獻他物品，還要請他原諒、跟他說道歉；安撫著他的情緒，嘴巴不能太說話、眼睛不能看著他，他可是會說：「躺在病床，有啥好看，把我的東西都拿光。」

邋遢的穿著、出味的衣裳，滿是嘔吐物；急性腎衰竭、合併其他，要速戰速決；考量他的身分，最好的方式，後送台灣榮民醫院、比較方便。

後送要搭機，他的身份證、不知何處去？尋覓口袋，幸有健保卡。登機雖然沒問題，但獨居一人，爾後到台灣，存摺上面的幾十萬，醫療不用錢、但看護費要付帳，生活也需要周全。日探夜探，終於探出了口風，身分證與印章，全在房東的手上。登機在即，我們清晨急奔房東的住所，長官在外等，派我入屋做溝通。

我與女房東，面對面地、表明身分做詳談，曉以大義、事有輕重緩急，他的病情告急，期待證件還來、衣裳整理，讓他攜去台灣莫遲疑；況且救人一命，勝造七級浮屠。

女房東聽了我的陳述，應允配合、隨即驅車到另一住所，找保管物品的男房東，拿回該拿的東西。

多月未繳租金，此趟赴台，何日歸來，無人能給答案。使用者付費，理所當然，長官主動承諾協助處理。

數月後，與女房東在街上相遇，她問我、什麼時候拿得到租金，長官不是答應幫忙。

做人不能含糊，說話更要算數，當時我有在現場，長官的確有允諾，於是留下電話，請她自行與他聯絡。

第一線很心酸，沒有尊嚴沒保障，常遇見的是他人做允諾、自己要承受；小額的能幫忙，但大筆的就請他們自己去協商。

四、美麗女人的背後

他升官，她功不可沒。

嫁給他的時候，他只是一個小職員，滿懷抱負，亦無法一展長才。鬱卒的男人、鬱鬱寡歡；一心想當官夫人的她，亦有遺憾。

因緣聚會，長相姣好的她、認識了大官，矜持不久遠，砲陣地、在賓館，圓了二人的人生夢。

他如願坐大位，遺忘了她戰場的滋味；辦公室裡的不倫戀，典型不一樣，葷素不忌口，歷史悠久成氣候。只要辦公室裡的她值班，他一定隱瞞為他打天下的妻子說加班；公務繁忙、業務何其重，然後驅車離家園、幽會在寢間。

結婚證書，沒有繫住彼此，基本上，兩人是自由的個體，他們各擁自己的情愛天地，他公器私用地為他的女人找助理，身不由己的下屬，領一份薪資、做兩個人的事情，暗地裡的三字經，亦無法完全控訴心裡的憤恨與不平。

為官不清廉，狸貓換太子，買單的是他人的血汗；遇有活動數便當，忘了自己是長官，有利益的事必躬親，無福利的視若無睹；物以類聚的結果，紅顏亦一樣，破壞了團體的形象。

升官是榮耀，但不光采；美麗的妻子，奉獻了青春，分享的是別的女人，她如何能甘願。

成功男人背後的那個偉大女性，他那標緻可人的妻子，歡喜他人祝賀丈夫高陞，而在無意間傾聽丈夫對她背叛的聲音，白晝打扮美美的她，卸妝之後的夜晚、則躲在房間裡哭泣。

低首啜泣，不是孩子翅膀硬了、離家去，孤寂難耐空巢期，而是他已忘了她為他傾力付出、所設的砲陣地。

美麗的女人為他打江山，昂首在台上，無人知道她、痛在心坎裡的那段背後的辛酸……

五、耶誕佳節贈小禮

十幾年過去了，守著一個對孩子的承諾，每年一定為小朋友準備耶誕禮，讓同學之間分享聖誕婆婆遞禮物、環繞佳節喜氣的氛圍。年底大清倉，一年從四面八方得來的獎品與贈品，此時都派上用場，不會因為孩子轉學他校，就失去對孩子的信用。

粉紅色的影印紙對折、對折、再對折，裁成一樣大小、上頭標示號碼，裝在小截的吸管裡固定；各式獎品有大有小、有新也有舊，而平日的包裝紙整齊放箱底，居於環保再利用，此刻整理作包裝，外頭雖然不醒眼，卻也是一番血汗。

依班級人數多寡，做出籤與獎，彩品不得自己選，須遵守遊戲規則、用摸彩方式同樂，各憑手氣。

多年來的經驗，體會了感恩惜福與冷漠態度的兩極印象；只問收穫、不問付出的人，除嫌彩品差，要求下回獎品要精裝，更甚者，嘟起一張嘴，表情很不悅，但他們似乎忘了「禮輕情意重」這句俗話。

往下扎根的教育真的很重要；小兒子就讀湖小三年級，這一班，二十幾位小朋友，來自都市與鄉間，思想上、沒什麼城鄉差距，當他們摸彩完畢，無論彩品如何，均懷抱著一顆感恩的心。

這群年齡最小、又天真無邪的「小孩子」，反而比「大孩子」來得懂事，他們全班無雜音，只有歡喜的聲音。

導師來電說謝謝，又在聯絡簿上書寫這一班幸福的感覺：「感謝家長的用心，三年二班真是幸福又快樂的班級。」

禮物不在其價值的貴重與否，而在於誠懇的心意；當我們走出戶外，參與諸多活動，從摸彩到宣導，很多家戶、都囤積許多戰利品，有的上街訪價，出清換現金，一來一往賺利潤。

我則有另類的思考，無論孩子領來的獎品、或者是全家賺來的戰利品，整理之後，有需求的留下，不需要的、則在環保包裝之後，再送出去延續它的壽命。

一件小小的裝飾品，闖關、簽章、領獎，需要許多的時間，考驗恆心與毅力。親子互動的結果，最後領來的禮物，不一定喜歡，但卻是一種勝利之後的成就感；而讓孩子多元參與、親子共樂，亦是一種無價的享受。在日新月異的社會，無論是富商巨賈、或是雙薪家庭的父母，他們不一定有空陪孩子，接觸自然或走入人群，去體會得來不易的東西。

看到小兒子班上，年齡雖然小，見賢思齊、知足惜福，我非常感動；爾後的每年，除了獻上聖誕禮，祝福佳節愉快外，身為家長的我，依然不缺席。

「為善最樂」的小卡片，出自六年一班導師之手，「感謝您送敝班同學每人一份聖誕節禮物，同學們收到禮物都很高興，謝謝您！敬祝佳節愉快。」

師生每人親筆簽名，各書寫一張小卡片，三十幾張、全是感恩祝福的話語，聖誕快樂、身體健康、平平安安、順心如意、永保安康、青春美麗、長命百歲、天天開心……

厚厚一疊師生的祝福，裝載著孩子惜物之後的幸福，同時看到了他們在大環境裡的學習與成長。

六、陪伴女兒作文盃

山川秀麗好風光，湖畔映朝陽，學子攜手作文盃，三分之一獲獎項。指導老師的用心、同學們的努力，真應了一分耕耘一分收穫的俗諺。

校園如戰場，予人不好的印象；整體說來，有人的地方，就有是非的語言，不論哪裏都一樣，只是運氣不好的被批判。

霸凌在校園，師生、同儕隨處見；張貼公告欄，名號很響亮，出事的都是那一票，追究其因，幾乎來自同一個學校。

小學教育倘若不扎根，上了國中、老師忙；外界批評有聲浪，常是主觀勝過於客觀，尚未探究其原因，砲口對準國中教育不深耕。

二女兒就讀的國中，外頭想像太誇張，總認為異類多、突發事件亦跟著多，儘管師生再努力，被貼上的標籤要撕下、總是難上難，必須經過一段時間的沉澱，始能讓外界改觀。

城鄉環境，教育資源落差，總有許多不同的地方，取其平衡點，教學才能有展望。近些年來，學校的大刀闊斧，改變了許多處於邊緣地帶的學子，讓他們遠離損友、結交益友，終而循循善誘，少了惹禍。

聯合盃全國作文大賽的決賽現場，我以家長的身分與帶隊主任交換意見，並從外界肯定該校學生日益精進、博得好評的情景，坦誠相告，期望進步更進步，再展優質湖中的昔日雄風，各個領域都能有一番佳績，讓身為校友的我與有榮焉。

跌打損傷，人生難免；但惡意傷害，就不可原諒。最近某校園，傳出了打架肇事事件，驚動警方、亦勞動雙方家長，有些學生害怕上學校，就怕哪天遭受霸凌；而家長更是心驚膽顫於子弟的人身安全，出門阿彌陀佛聲聲唸，回家感謝祖先保平安。

發生他校的事端，慶幸該校沒沾邊，師長的話、同學們有在聽，平日的諄諄教誨，沒當耳邊風。

日益成長、逐漸茁壯，學子有明天，鼓勵的話語在耳邊；當聯合盃全國作文大賽、從第二屆來到離島，至今年已是第五屆，提筆上陣、佳績頻傳，學生獲獎賞，師長顏面有光采，叮嚀閱讀與創作，兩樣一起來。

七、慶幸撿回一隻手

垃圾清運要分類，每週二、五來一回，共分三部車；第一輛清運一般垃圾、第二輛為塑膠鐵鋁寶特瓶、紙箱廢紙則在第三輛，時間約莫在傍晚的五點半。

優質國民做分類，垃圾處理按規定，守規矩，卻遇見隨車清潔隊員是一個「青仔欉」，他慌慌張張、眼睛沒在看，我的手兒差點斷。

話說某傍晚，清潔車一輛接一輛，當裝載紙箱的回收車來到定點，民眾按先後順序，前面都沒事，我在最後一個將箱子丟進後車斗，手還在裡頭，跟車的沒注意，按鈕一按，還好我的反應快，霎那間將手伸回來，然而一扭動，手臂則抽痛，霎時難忍又難受。

兩造均嚇傻，他看我、我看他，一句道歉的話也沒說，接著一臉無辜的上車；我望著車身漸行漸遠，慶幸自己的手沒有斷。

從此，無力的右手，抽痛時而發作，鍵盤敲一半、炒菜炒一半、家事做一半……，總要半途停歇做按摩，左手揉右手，以緩和它的無力與難受。

再見那位隊員，不再行色匆匆，或許是因前車之鑑，他小心翼翼地處理每位民眾的回收品，遇見了我，雙手接過，觀其眼神，總有愧疚。

我的雙眼看著他，無意指責，只冀望他凡事謹慎小心，別再釀禍。

八、清明掃墓上山崗

慎終追遠表情懷，蔡氏家族於清明節前夕、聚集太武山掃墓。三步一崗、五步一哨，沿路軍隊戒備森嚴，我們在路口處停車接受盤查，衛兵走近，我們說明來意、欲上山掃墓，他老兄嚴肅地：「有沒有公文？」

我們愣住了，停了幾秒方回答：「我們蔡氏家族年年來掃墓，從不知要隨身攜帶公文，亦不知公文要何處拿？」

衛兵莞爾一笑，順利放行，我們則朝太武山上奔馳而去，山上風光好，綠樹參天，視野很清爽，祖墓跟前，雙膝跪祖先，拈香祭拜燒紙錢，隨後席地而坐，宗族聚集博情感。

近些年來，考量老人蹲地上，諸多的不便，用餐亦麻煩，餐廳備圓桌，人兒圍繞桌旁，站著「吃頭」。

屬於禁區的太武山，每年清明時刻，族親除上山掃墓，亦能觀賞山上的風光，爾時先人葬山崗，如今後人追思，的確別有一番滋味在心頭。

九、我家門前有小河

每逢下雨過後，淤泥的路面，就在我家的前面。

天災人禍在屋前，每逢下雨看得見，社區施工沒考量，挖土鋪水泥，只圖個人的方便，沒有周全規劃，想挖就挖，造成泥濘整路面，雨水成河、水溝多阻塞，來往路人必須睜一眼、閉一眼，任憑水花四濺、敢怒不敢言。

政府太多錢，灑錢不手軟，排水不良，驗收亦能過關。百姓氣急敗壞，又能何奈？但願老天憐憫，別讓我家門前有小河。

十、當小管深入胃裡

胃不舒服多時，上醫療院所開立胃藥是稀鬆平常的事，有天突然嘴裡有血腥味，自我檢查牙齦沒損傷，倒是懷疑來自咽喉間。

嚇傻地奔赴醫院，低血壓五十多、高血壓八十多，疲倦無力、頭昏眼花，沒有其它選擇，隨即安排照胃鏡。

一股漲痛在胃部，外加灼熱感，連喉間亦覺異物卡裡面，又有誰能體會我此時的苦楚與辛酸。

先打一針，再服下乳狀的液體，然後噴麻醉劑；我左側臥，頭向下彎，當一條黑色的纖維管子、由口中放入，經喉間到胃部，那股不舒服的感覺襲捲整個身軀，我不停的發出作嘔聲，口水亦不聽使喚地流出來，才數分鐘，就覺時間過得特別慢，一刻亦不敢張開眼。

檢查結果是胃發炎，醫師幫我抽胃酸，一陣折騰過後，要服胃藥一個月，每天三餐飯後，吞得好辛苦，願諸君多保重，以免步我後塵，受到如此的折騰。

語言文學類　BG0001

凝神聆聽世間情

作　　者／寒　玉
責任編輯／黃姣潔
圖文排版／詹凱倫
封面設計／王嵩賀

贊助單位／金門縣文化局
出 版 者／寒玉
法律顧問／毛國樑　律師
印製發行／秀威資訊科技股份有限公司
114台北市內湖區瑞光路76巷65號1樓
電話：+886-2-2796-3638　傳真：+886-2-2796-1377
http://www.showwe.com.tw
劃撥帳號／19563868　戶名：秀威資訊科技股份有限公司
讀者服務信箱：service@showwe.com.tw
展售門市／國家書店（松江門市）
104台北市中山區松江路209號1樓
電話：+886-2-2518-0207　傳真：+886-2-2518-0778
網路訂購／秀威網路書店：http://www.bodbooks.com.tw
國家網路書店：http://www.govbooks.com.tw
圖書經銷／紅螞蟻圖書有限公司
114台北市內湖區舊宗路二段121巷19號（紅螞蟻資訊大樓）
電話：+886-2-2795-3656　傳真：+886-2-2795-4100

2013年7月　BOD一版
定價：270元

國家圖書館出版品預行編目

凝神聆聽世間情 / 寒玉著. -- 一版. -- [金門縣金湖鎮] : 寒玉出版 ; 臺北市 : 紅螞蟻圖書經銷, 2013.07
面； 公分. -- (語言文學類 ; BG0001)
BOD版
ISBN 978-957-43-0551-3 (平裝)

855 102010993

讀者回函卡

感謝您購買本書，為提升服務品質，請填妥以下資料，將讀者回函卡直接寄回或傳真本公司，收到您的寶貴意見後，我們會收藏記錄及檢討，謝謝！
如您需要了解本公司最新出版書目、購書優惠或企劃活動，歡迎您上網查詢或下載相關資料：http:// www.showwe.com.tw

您購買的書名：______________________________

出生日期：________年________月________日

學歷：□高中（含）以下　□大專　□研究所（含）以上

職業：□製造業　□金融業　□資訊業　□軍警　□傳播業　□自由業
□服務業　□公務員　□教職　□學生　□家管　□其它______

購書地點：□網路書店　□實體書店　□書展　□郵購　□贈閱　□其他

您從何得知本書的消息？

□網路書店　□實體書店　□網路搜尋　□電子報　□書訊　□雜誌
□傳播媒體　□親友推薦　□網站推薦　□部落格　□其他__________

您對本書的評價：（請填代號　1.非常滿意　2.滿意　3.尚可　4.再改進）

封面設計____　版面編排____　內容____　文／譯筆____　價格____

讀完書後您覺得：

□很有收穫　□有收穫　□收穫不多　□沒收穫

對我們的建議：______________________________

____

____

____

請貼
郵票

11466
台北市內湖區瑞光路 76 巷 65 號 1 樓
秀威資訊科技股份有限公司 收
BOD 數位出版事業部

（請沿線對折寄回，謝謝！）

姓　　名：＿＿＿＿＿＿＿＿　年齡：＿＿＿＿　性別：□女　□男

郵遞區號：□□□□□

地　　址：＿＿＿＿＿＿＿＿＿＿＿＿＿＿＿＿

聯絡電話：(日)＿＿＿＿＿＿＿＿ (夜)＿＿＿＿＿＿＿＿

E-mail：＿＿＿＿＿＿＿＿＿＿＿＿＿＿＿＿